KB235190

아빠의 러브레터

AS ALWAYS, JACK

Copyright ⓒ 2002 by Emma Sweeney
This edition published by arrangement with Little, Brown and
Company, (inc.),New York, New York, USA. All rights reserved
Korean translation copyright ⓒ 2007 by Jihoon Publishing House Korean
translation rights arranged with Little, Brown and Company, (inc.),
New York, New York, through EYA(Eric Yang Agency).

아빠의 러브레터

엠마 스위니 지음
공경희 옮김

"그것은 봄 물살처럼 소리 없이 내게 왔다. 처음에는 나를 파고드는 좋은 느낌이 무엇인지 알 수 없었다. 소리도 모습도 없었다. 하지만 존재감은 있었다. 아주 밀착된 따스함과 이미 반쯤은 짐작이 되는 느낌이었다."

《바람과 모래와 별들》 A. 생텍쥐페리

 차례

part One

사랑

봄 물살처럼 소리 없이 내게 왔다

열 살 무렵 어느 날, 캘리포니아 주 코로나도에 있는 집 지하실에서 상자더미를 뒤지다가 '공문: 해군 인사과'라고 적힌 서류 봉투를 발견했다. 봉투에는 우리 아버지의 사진, 군 복무 중 사망했다는 증명서, 편지 한 통이 들어 있었다. 내가 아버지의 사진을 본 것은 그때가 처음이었다.

꼭 거울 속의 나를 보는 것 같았다. 나랑 똑같은 깊은 눈매, 숱 많고 짙은 눈썹. 오빠들은 북구계인 어머니를 닮아 금발, 파란 눈, 흰 피부를 타고 났지만 나는 달랐다. 하지만 닮은 외모보다 내게 더 중요한 것은 타자로 친 듯한 편지였다. 그것은 아버지가 탄 비행기가 추락하기 며칠 전에 어머니에게 쓴 편지였다. 몇 번이나 반복하여 읽으면서, 아버지가 나에 대해 알고 세상을 떠났는지 알아보려고 했다. 아버지는 어머니의 뱃속에 내가 있었다는 사실을 알았을까?

나는 그날 지하실에서 찾아낸 것에 대해서는 입을 다물었다. 큰 집에서 열세 남매가 살다 보니, 내 물건이 없어지는 일이 다반사였다. 나는 편지와 사진을 작은 나무 상자에 넣어서 침대 밑에 감춰 두었다. 그러고는 가끔 편지를 꺼내 읽고 사진을 보았다. 그런데 어느 날 밤 그것들을 치우지 않고 잠들었고, 학교에 가서야 그 사실이 떠올랐다. 어머니의 눈에 띄었을 텐데 그것을 치울까봐 걱정스러웠다. 집에 와 보니 사진이 없었다. 사진은 내 서랍장 맨 위 서랍에 엎어진 채 놓여 있었다.

그 후 다시는 사진을 아무 데나 두지 않았다.

아버지를 잘 몰랐지만, 몇 가지는 알고 있었다. 아버지는 해군 조종사였고, 어머니와는 2차 대전이 끝난 무렵에 만났다고 했다. 내가 태어나기 전, 아버지와 어머니는 오빠 네 명과 함께 버뮤다에 살았다. 결혼한 지 10년쯤 되었을 때 아버지가 탄 비행기가 추락했다. 비행기의 잔해는 발견되지 않았고, 아버지와 승무원들은 버뮤다 삼각지대에서 실종되었다고 했다.

아버지가 세상을 떠났을 때, 어머니는 나를 임신 중이었다. 어머니께 아버지가 임신 사실을 알았느냐고 직접 물어볼 수가 없었다. 모르고 세상을 떠났다 해도 어쩔 수 있나?

내가 아는 것은 그 정도였고, 그 이상은 몰랐다. 어린 시절, 나는 더 알고 싶어 안달하며 지냈다.

아버지의 죽음에 대해 쉬쉬하는 분위기였기에, 그에 대한 내 공상은 커져만 갔다. 버뮤다 삼각지대와 관련된 미스터리가 내 상상력에 기름을 부었다. 나는 아버지가 죽지 않고, 흔적도 없이 사라진 배와 탑승자들과 함께 바다 속 아틀란티스에서 살고 있다고 공상했다. 다른 것도 있다. 아버지가 우주로 빨려 들어가는 장면을 상상하는 것인데, 비행기가 지구와 중력에서 벗어나 하늘로 솟구쳐 올라가서는 우주의 블랙홀로 들어가는 장면을 그려 보았다.

1975년 찰스 벌리츠가 《버뮤다 삼각지대》를 출판하자, 나는 바로 사서 탐독했다. 하지만 아버지의 이름이 나오지 않아 실망했다. 2년 뒤 벌리츠가 발표한 후속작 《흔적도 없이》에 아버지의 이름이 나왔다. 버뮤다 삼각지대에서 사라진 비행기와 선박 목록에서, 1956년 11월 9일 열 명이 탄 P5M호가 버뮤다 남쪽 500킬로미터 지점에서 실종됐다고 나와 있었다. 책에 기록된 정보를 보니, 11월 그날 아버지가 어디에 있었는지 정확한 지점을 알아낸 느낌이 들었다. 아버지의 사망 지점과 관련해서는 거기까지 파악됐다.

아버지를 모르고 자란 아이들이 그렇듯, 나도 상상으로

아버지를 만들어 냈다. 완벽한 사람으로! 재미있고 많이 웃는 사람으로…. 아버지가 학교로 날 데리러 와서 집까지 같이 걸어가다가 흘러내린 내 양말을 올려 주는 광경을 상상했다. 아버지는 내가 소프트볼을 할 때 지켜보는 것을 좋아했으며, 내 마음을 아프게 한 적도, 나를 귀찮아한 적도 없었다. 내가 크고 작은 성과를 이뤄 내면 대견해했다. 아버지가 떠났다 해도 존재하지 않는다는 뜻은 아닌 걸 뭐. 곁에 없다고 아버지 생각을 하지 말란 법도 없잖아.

어머니는 남편의 사망소식을 들은 지 몇 주일 만에 친정이 있는 캘리포니아로 이사했다. 내가 네 살이었을 때, 어머니는 자식이 일곱 딸린 홀아비와 재혼했다. 몇 년 뒤 두 사람은 자식을 낳았고, 가족은 열다섯 명이 되었다. 아버지가 둘일 수는 없으므로, 나는 새 아버지를 '아빠'로 친아버지는 '잭'으로 불러야 했다. 어머니는 당신과 자식들을 위해 새 인생을 사는 것에 대해 몹시 고심했다. 우리는 군인 남편을 잃고 정신을 못 차리는 과부를 많이 알았다. 그들은 남편을 잃은 상실감을 극복하지 못했다. 어머니는 그렇게 살고 싶지 않았다.

철이 들면서 어머니에게 아버지 이야기를 들으려고 애썼다. 어머니는 과거사를 쉽게 말하지 않았지만, 행복한 기억

몇 가지는 나도 알고 있었다. 나는 어머니가 그 시절을 회고하는 모습을 보는 게 좋았다. 예컨대 어머니는 버뮤다에서 살던 집 '미모사 코티지'를 좋아했다. 어머니는 아버지가 조기 제대하고 글을 쓸 계획이었다고 말했다. 아버지는 원래 스포츠 관련 작가가 되는 것이 꿈이었는데, 해군 사관학교에 진학하면서 그 꿈을 미뤘다고 했다. 돈을 벌면 투자를 잘 해서 작은 고장의 지역 신문사를 사고 싶어했다. 그리고 두 분은 나중에 샌디에이고의 북쪽 지역에서 살자고 이야기했단다. 아버지가 경마를 할 수 있게 경마장 '델 마'에서 가까운 곳에 살려고 했다나.

코로나도는 군인 가족이 많이 사는 곳이었다. 내가 어릴 때는 해마다 크리스마스가 되면, 순직한 군인들의 유자녀들이 해군 기지의 극장에서 열리는 파티에 참석했다. 그들은 우리를 '전쟁고아'라고 불렀다. 왜 내가 전쟁고아일까? 궁금했다. 나 자신을 고아라고 생각한 적이 없었다. 내게는 어머니와 '아빠'라고 부르는 사람이 있잖은가.

내 아버지는 펜사콜라나 노포크로 정기 정찰 비행을 가던 중 실종됐다. 베트남전이나 한국전, 세계 제2차 대전에 참전했다가 전사한 게 아니었다. 그런데도 우리는 알파벳순으로 한 명씩 무대로 불려 나가서 사탕이 든 빨간 양말을 받았다. 선물도 받았는데, 자전거 같은 인상적인 물건이었던 기억이 난다. 하지만 자전거를 받는다 해도 무대에 서 있기는 쉽지 않았다. 아버지 없는 아이들이 득실대는 그곳에 있기가 싫었다. 어쩐지 수치심 같은 게 느껴졌다.

실종된 아버지들에게는 신비의 베일 같은 게 드리워져 있었으나 뭔가 잘못됐다는 느낌이 강했다. 그들은 사라지고 우리는 남겨졌다.

1970년대 초반 베트남전 포로들이 귀국하자, 친구 중 몇 명은 기억조차 못하는 아버지들을 만났다. 그들도 나처럼 아버지의 생사 여부를 모르고 성장했다. 그러나 이제 그들은 아버지를 만났다. 나는 우리 아버지도 전쟁 포로에 끼어 돌아올 거라는 작은 희망에 매달렸다.

열한 살 때 단짝 친구 크리스와 코로나도의 해변에 앉아 있던 일이 기억난다. 크리스는 바다 건너에 있는 '포인트 로마' 반도를 가리키면서 "아빠가 저기 계셔"라고 말했다. 그 쪽에 있는 국립묘지를 뜻한다는 것을 알고 있었다. 크리스는 내게 아버지가 어디 있냐고 물었다. 아버지가 어디 있냐고? 만나본 적이 없는 아버지는 내가 가본 적이 없는 바다 속에 있는걸. 난 그저 "우리 아버지도 저기에"라고 중얼댔다.

내가 스무 살이 지나고 나서야 어머니는 아버지 이야기

를 해주기 시작했다. 아마도 아버지에 대해 나와 나누고 싶은 게 있었겠지. 어느 날, 어머니가 태어나던 날 뒷마당에 심었다는 무화과나무 옆에서 내가 태어난 3월의 그날 이야기를 들었다. 병실에는 꽃이 넘쳐났고, 간호사가 들어와서 감탄했다. "정말 아름다운 꽃이네요! 남편이 부인을 무척 사랑하시나 봐요." 이 이야기를 하던 어머니는 아버지의 실종 소식을 들은 11월 그날 이후 처음으로 흐느꼈다. 어머니는 내가 태어나기 전까지는 당장 일어날 일에만 집중했다고 했다. 버뮤다의 살림살이를 챙기고, 집과 은행계좌를 정리하고 코로나도로 이사했다. 아이들을 학교에 보내고, 새 집을 구하고.

한번은 어머니에게 아버지의 어떤 점이 싫었는지 물어봤다. 어머니는 잠시 생각에 잠기더니 "네 아버지의 옷은 죄다 다림질해야 했지"라고 대답했다. "그뿐이었어요?"라고 묻자, 어머니는 고개를 끄덕였다.

대학 시절, 방학 때 집에 돌아왔을 때였다. 나는 어머니 침대에 누워, 남자 친구를 그리워하며 많이 울었다. 어머니는 곁에 앉아서 나만큼이나 마음 아픈 표정을 지었다. 그리고 "이런, 가여워서 어째"라고 되뇌었다. 이미 자식을 열셋이나 둔 중년 부인이 사랑에 대해 뭘 알까? 나는 그렇게 생각했다. 그런데 불쑥 이런 생각이 떠올랐다. 그녀는 평생의 사랑이요, 네 아들과 유복녀의 아버지인 남편을 잃은 여인이었다. 그날 어머니의 표정은 오래도록 잊히지 않는다.

그런 상실감을 감당할 준비가 된 사람은 없겠지만, 유독 어머니는 어린 다섯 자식을 키우면서 홀로 살아갈 준비가 안 되었던 듯했다. 어머니는 부모님의 보호 아래에서 행복한 유년기를 보낸 사람이었다. 외할아버지는 '미스터 코로나도'라는 별명을 얻을 만큼 시에 헌신적으로 봉사하는 상인이었다. 외증조할아버지는 1887년에 코로나도에 왔다. 그는 모래밭, 산쑥, 선인장밖에 없는 불모지에 상점을 열었고 거기서 처음으로 우체국을 개설했다. 어머니네 전화번호는 1번이었다. '매혹의 섬'이라 불리는 코로나도는 다른 세상 같았을 것이다. 동화 같은 일이 일어나고 꿈이 이루어지는 그런 곳….

외증조할아버지가 이곳에 온 이듬해에 개업한 '호텔 델 코로나도'는 웨딩케이크의 장식처럼 빅토리아식 격자세공과 박공지붕으로 된 건물이었다. 그 당시엔 누구나 그랬듯이 어머니는 토머스 에디슨이 호텔의 전구를 직접 설치했다고 믿었다. 또 거기서 심슨 부인이 윈저 공을 만났고, 라이먼 프랭크 바움이 그 호텔에서 영감을 받아 《오즈의 마법

사》를 썼다고 믿었다. 물론 이런 이야기는 약간의 사실을 바탕으로 생긴 공상에 불과하지만.

우리는 어머니의 서랍장 맨 아래 칸을 뒤지곤 했다. 뭐든 거기 있었기 때문이다. 집안에 전해 내려오는 보석, 아이들이 태어날 때 병원에서 손목에 찬 띠, 가족사진, 아이들이 캠프에서 보낸 편지, 성적표 같은 것들뿐 아니라, 내 운전교육 허가증과 '패스워드'라는 퀴즈프로그램의 신청서 같은 쓸모없는 물건도 잔뜩 있었다. 이따금 어머니가 내게 줄 사탕도 거기에 있었다. 세월이 흐르면서 어머니는 유산으로 받은 보석에 어떤 내력이 담겼는지 들려주곤 했다. 어머니는 외할머니의 흑백 사진도 보여 주었다. 사진 뒤에는 '좋아하는 장미 앞에 선 어머니'라고 적혀 있었다. 어머니가 세상을 뜨기 얼마 전에도 우리는 그 서랍을 뒤졌다. 나는 그 서랍에 뭐가 들었는지 다 안다고 믿었다.

1985년 어머니는 오랫동안 심장병을 앓다가 눈을 감았다. 장례식을 치른 다음 날 아침, 나는 그 서랍의 안쪽에서 못보던 것을 발견했다. 오랫동안 펼쳐 보지 않은 것 같은 편지 뭉치가 빛바랜 분홍 리본으로 묶여 있었다.

어머니는 내가 찾을 수 있게 편지 뭉치를 거기 두었다.

나는 편지 뭉치를 발견한 뒤 몇 년간은 분홍 리본으로 묶인 상태로 놔두었다. 그러다 어느 날 아침, 마침내 첫 번째 편지를 꺼냈다. 빳빳한 편지지를 펴고 드디어 아버지와 만났던 것이다.

part Two
당신 생각하느라 아무 생각도 못했어요

러브레터

첫 번째

LOVE LETTER

당신에게 재정 문제를 떠맡기고 도망칠 의도는 없었지만, 작별 인사를 할 때 머릿속이 아득해서 돈 문제 같은 것은 생각할 여유가 없었나 봐요. 그래서 30달러를 동봉합니다. 20달러는 사진 값, 3달러는 세탁비, 나머지는 기차 삯. 차표 값이 부족하면 알려줘요.

나를 대신해서 일을 처리해 주니 정말 친절한 사람이에요. 이런 생각을 곰곰이 하다가, 당신을 만난 것이 운 좋은 내 인생에서도 최고의 행운이라는 결론을 내렸어요.

오늘로

(편지를 쓰던 중 포오커 판에 끼느라 계속 잇지 못했어요. 미안해요! 그래도 내가 39달러 85센트를 땄어요.)

바다로 나온 지 오늘로 나흘이나 됐지만 당신에게 처음

편지를 쓰네요. 대부분의 시간은 친구인 길과 '에이시-두시' 보드 게임을 하는데, 그 친구가 19대 14로 앞서고 있어요. 한 판에 1달러를 걸고 하는데, 첫날 내가 '진 러미' 카드 게임에서 한 시간 만에 85센트를 땄더니, 길은 그 게임은 더 이상 안 하려 하네요.

우리는 수요일 아침 진주만에 입항할 예정이에요. 그곳에서 얼마나 체류할지는 아무도 모르죠.

더 일찍 편지를 쓰지 않았다고 해서, 우리가 헤어진 뒤로는 당신 생각을 안 했다고 생각하지 말아요. 당신 생각하느라 아무 생각도 못하고 지냈어요. 아마 보드 게임에서 길에게 진 것도 그 때문일 거예요. 사귄 지 2주일밖에 안 된 사람이 이다지도 그립다니 믿기 힘들지만, 정말 보고 싶어요. 우리가 함께한 마지막 밤은 더할 나위 없이 완벽했어요. 그날 일이 벌써 꿈같이 느껴져요. 한동안은 그 일을 마음속으로 수없이 그릴 거예요.

당신도 편지를 쓰지 그래요? 어서요!

두 번째

LOVE LETTER

햇살이 눈부신 하와이의 카네오헤에서 당신에게 편지를 씁니다. 카네오헤가 어디냐구요? 지도를 보세요.

지도 이야기가 나와 서 말인데, 당신 사진은 언제 보내줄 건가요? 당

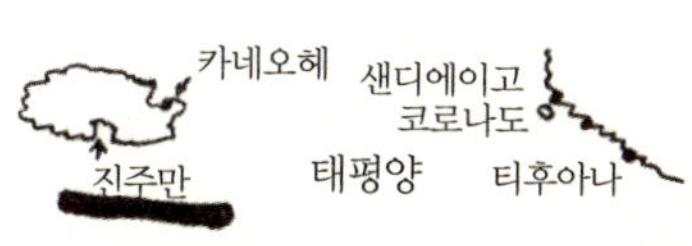

신의 아름다운 모습을 모조리 기억 못해서가 아니라, 한참 떨어져 지내야 하니 조금이라도 잊을 가능성을 차단하고 싶은 거예요. 내가 좋아하는, 머리를 올린 사진도 같이 보내도록 해요. 컬러 사진이라면 당신의 눈을 제대로 볼 수 있으련만, 그렇게는 안 되겠지요?

우리는 수요일에 이곳에 도착했어요. 금요일에는 멋진 '오아후 컨트리클럽' 에 나가 골프를 즐겼는데, 나는 평소처럼 게임을 했어요. 그곳에 핀 꽃향기가 얼마나 좋던지. 당신

이 같이 있었으면 얼마나 좋을까 생각했어요. 그러면 함께 골프를 치고, 와이키키 해변에서 수영하고, 춤도 추면서 멋진 시간을 보낼 수 있었을 텐데.

얼마 뒤면 다시 이곳을 그리워하게 될 거예요. 화요일에는 서쪽으로 떠나거든요. 크웨저레인과 괌을 지나 오키나와를 첫 기항지로 삼을 겁니다. 거기서 도쿄나 그 외 다른 곳으로 가게 될 거예요.

비비, 방금 행복한 생각이 떠올랐어요. 우린 수요일에 날짜 변경선을 지나는데, 그 날은 내 생일이거든요. 하지만 그 선을 넘으면 수요일이 아닌 목요일이 되니까, 내 생일은 없을 테고 난 스물여섯 살이 아니라 여전히 스물다섯 살인 셈이지요! 으흠, 나이 안 먹는 방법이 있구먼!

당신이 마지막으로 한 말은 "두세 달 뒤에 만나요"였지요. 이 말을 앞으로 여러 달 동안 하게 되더라도, 꼭 다시 만나기를 바라요.

그런데 저번 날 밤 내가 당신의 집을 떠난 뒤, 호레이시오가 나타났나요? 나타났다면 정말 끈덕진 녀석인데….

봉투에 적은 회신 주소로 편지하면 나와 연락이 될 거예요. 되는지 한번 시험해 봐요.

세 번째
LOVE LETTER

편지가 오려면 2주일은 지나야 되는 줄 알면서도 당신의 첫 편지를 애타게 기다리고 있습니다. 이렇게 먼 나라에 나와 있으니, 우편 서비스가 원활하지 않군요.

오키나와 항에 정박한 수상기 모함 '커티스 호'에서 이 편지를 써요. 우리는 토요일은 하루 종일 괌에서 보내고 밤새 날아와 오늘 여기 도착했어요. 오늘 배치를 받았는데 만족스럽지는 않네요. 길록과 헤어지게 되었거든요. 우린 해사 동창으로, 지난 1년 반 동안 비행 훈련을 함께 받았어요. 어차피 조만간 헤어질 수밖에 없었지만….

그래도 오늘은 기분이 한결 낫군요. 이 배에 탄 덕분에 며칠 만에 몸단장 할 기회가 생겼거든요. 카네오헤를 떠난 뒤 생활이 엉망이었는데…. 조립식 막사에서 자고 음식도 형편없고. 오늘 샤워와 면도를 하고 나서 깨끗한 옷을 입으니 기분이 좋아요. 다가올 미래가 그리 밝지는 않지만요. 그 미래에 당신이 들어 있긴 하지만….

화요일에는 상하이로 날아갈 거예요. 중국 어디라고 알고 있는데(지도를 잃어버렸거든요) 가서 대대 본부에 신고해야 해요. 그 다음에는 거기 오래 체류하면서 우편물 받기를 기대하고 있어요. 당신 편지를 받고 싶은 마음에 하와이를 떠나기 전 조가비 목걸이를 부쳤어요. 그걸 받으면 당신이 감사 인사를 하려고 편지를 쓸 테니까요.

내 회신용 주소 'VH-1'은 꽤 오래 변함없을 것 같네요. 언제든 편지할 마음이 생기면 이 주소로 편지해요. 당신 연락을 받으면 무척 반가울 거예요. 난 알고 싶은 게 정말 많아요. 당신이 뭘 하며 지내는지, 내 골프채를 받았는지, 내 세탁물이 도착했는지, 내가 떠난 뒤 호레이시오가 나타났는지, 우리가 결혼하면 아이를 몇이나 낳을지, 클라이드와 알레온(이렇게 쓰는 게 맞나요?)에게 새 소식이라도 있는지, 지난 일요일에 괴물 같이 뻗은 '델 코로나도 호텔'에서 열린 오후 티파티에서는 전에 나랑 있을 때처럼 즐거웠는지.

괌에서 잠시 머무른 토요일 밤, 나는 빗속에 앉아서 USO(미군 위문 협회-옮긴이)의 〈인생이란 무엇인가〉라는 극을 봤어요. 헨리 올드리치의 연극 말이에요. 비 맞고 무슨 멍청한 짓인가 싶겠지만, 지적인 군인 천 명도 똑같이 나와서 극을 즐겼다구요.

마지막 밤 우리가 '콜로니'에 있을 때 마주쳤던 스튜어트를 만났어요. 자기 부인인지 아니면 다른 누군가의 부인인지 어떤 여성과 같이 있더라구요. 그가 콜로니에서 같이 있던 멋진 아가씨가 누구였냐고 묻더군요. 당신을 뜻하는 줄 금방 알아차렸어요. 나는 언제나 당신을 그렇게 기억하고 싶어요. 촛불을 밝힌 테이블에 마주 앉아 스테이크를 먹는 당신처럼 아름다운 사람은 본 적이 없어요. 왜 당신이 더 어릴 때 못 만났을까? 도저히 믿기지 않지만 서른 셋(물론 내 어머니는 스물 셋이었다)은 꽤 많은 나이라는 걸 당신도 인정해야 될걸요.

내 별자리 운세를 알려줄게요. 별자리 점괘가 그럴듯하게 맞는 것 같네요!

'세상을 두루 돌아다니기를 즐긴다. 평생 꽤 많은 곳을 다닐 것이다.'

특히 꼭 맞는 내용!

'유모 감각이 뛰어나고 재치가 있다.'

네 번째
LOVE LETTER

왜 이리 자주 편지를 쓰는지 나도 이해가 안 되는군요. 평소에는 답장도 잘 안 하는 편인데, 당신에게는 지금까지 마흔 통쯤 편지를 쓰고 있네요. 당신이 그 절반만 답장을 해도, 난 평소보다 편지를 많이 받게 되겠지요.

어젯밤 당신 꿈을 꾸었어요. 당신이 스테이크를 골프채로 죽도록 패는 꿈이었어요. 7번 아이언이었을 거예요. 당신이 몇 번이나 내려쳤는지 셀 수가 없었지만, 골프 코스에서라면 '오버파' 쯤 될걸요. 물론 '스테이크 코스' 겠지만. 그보다는 좋은 당신 꿈을 꾼 적도 있어요.

어제 LCT(상륙용 주정) 여러 척이 작은 만에 정박한 것을 봤는데, 그 쪽을 가리키는 표지판에 '엘시 티빌 방향' 이라고 적혀 있더군요. 그 친구들, 똑똑하기도 하지. 그런데 기지의 에이스인 에드는 어떻게 지내나요? 당신은 모르겠죠.

나는 제법 솜씨 좋은 브릿지(카드 게임의 일종-옮긴이) 놀음꾼이 되고 있답니다. 오늘은 길록이랑 판을 벌여서 이겼지요. 그 친구, 브릿지 세상에 막 입문했거든요.

내일은 상하이로 떠나요.

만화를 잘 보도록 해요. 내가 언제라도 〈테리와 해적(1934년부터 신문에 연재된 액션, 모험담 만화-옮긴이)〉에 등장할 수 있으니까요.

P.S. 언제든 당신 사진을 보내 줘요. 여기 사람들이 사진을 보여 달라고 야단이네요. 사진 여섯 장이면 정종 한 잔을 얻어 마실 수 있어요.

다섯 번째
LOVE LETTER

한동안은 이곳 상하이에 정착해서 지낼 것 같아요. 추운 날씨만 빼면 정착하기에 나쁜 곳은 아니에요. 일본이라면 살이 에인다고 할 수도 있겠지만, 여기는 일본이 아니니 그렇게까지는 말 못하겠네요. 우편물을 받기 시작하면, 그다지 힘든 생활로 느껴지지 않을 테고.

내가 당신 소식에 목말라하는 만큼이나 우리 함대원 한 명도 속이 타고 있어요. 하와이에 있을 때 그는 아기가 태어났다는 장모님의 편지를 받았어요. 그런데 장모님은 아들인지 딸인지 말해 주지 않았고, 그 뒤 편지가 없어서 이 가여운 친구는 궁금해 죽으려 해요. 그 친구도 우편물이 오기를 학수고대하지요.

우리는 황포 강의 다른 수상기 모함에서 지내고 있어요. 첫날 밤 몇 명이 해변으로 나가서 중국 돈을 쓰며 재미있는 시간을 보냈지요. 중국은 화폐 가치가 작아서 미국돈 1달러를 주면 중국돈 1400달러로 환전할 수 있어요. 장교 클럽에서 저녁 식사를 했는데, 중국돈 3800달러를 지불했지요. 웨이터에게 아무렇지 않게 팁으로 500달러를 주는 모습을 당신도 봤어야 하는데.

클럽은 멋진 곳이었어요. 오케스트라가 있고, 댄스 플로어가 있어요. 요즘 상하이에서는 무슨 곡을 연주할 것 같아요? '조금의 애정'! 당신이 같이 있으면 좋겠다 싶었지요.

낡은 라디오를 가져와서 켰더니, 마법처럼 소리가 나네요. 군 라디오 방송에서 좋은 프로그램을 녹음하여 방송해 주거든요. 여기라면 프로그램을 놓고 당신과 입씨름을 벌일 일이 없어요. 피버 맥기(라디오 쇼 프로그램의 진행자—옮긴이)의 프로그램과 당신이 좋아하는 '이것이 최선이다' 같은 프로그램은 방송하지 않거든요.

큰 짐 없이 가볍게 왔더니 가뿐하네요. 하와이에서 큰 트렁크를 집에 부치지 않은 사람은 나뿐이었거든요. 거기서 여기 올 때 일인당 수화물 45킬로그램만 허용됐어요.

그럼, 아디오스, 하스타 루에고 시엘리토 린도 이 티아 후아나. 무슨 뜻인지 알겠어요? 스페인어로 '사랑과 키스'라는 뜻이에요.

여섯 번째
LOVE LETTER

이번 주에는 토요일 밤이 가장 쓸쓸하네요. 'H2호'에서 이 편지를 쓰고 있어요. 지금 칭타오 항에 계류 중이에요. 내 소망이나 기대와는 달리, 우리는 상하이에서 우편물을 전해 받지 못했어요. 그래서 여기서 기다리는 중이지요.

칭타오는 상하이가 아니에요. 사실 상하이로 돌아갈 때, 우리가 2주 정도 칭타오에 체류하게 된 것은 행운일 거예요. 코로나도에 못 있는 불만이 가라앉을 테니까요.

오늘은 달빛이 아름다운 밤이네요. 난 모함이 풀릴 경우에 대비해 감시하는 임무를 맡고 있어요. 무척 춥지만, 겨울이 오면 그 뒤로 봄도 따라오지 않나요? 그 이야기는 이쯤 하고….

칭타오는 오래 전 독일인들이 새운 작은 도시로 하늘에서 보면 그림 같은 풍경이에요. 하지만 저번 날 육지로 올라

갔더니 좀 더러운 곳이더군요. 지저분한 중국 아이들이 득실대는데, 말을 해보면 재미있지만 뭘 팔려고 달려들죠. 당신에게 줄 작은 선물을 샀어요. 그 아이는 중국돈 6000달러를 달라고 했지만, 1943년형 요요랑 바꾸자고 했더니 자기가 이익을 본 줄 알더군요. 어쩌면 그럴지도 몰라요. 요요 줄이 새 줄이거든요.

지금은 무척 지루한 생활을 하지만, 좋은 게 있으면 나쁜 게 있기 마련이잖아요. 우리는 '포-커르'라는 이상한 중국 게임을 하는데, 이번 주에 여기서 미화 250달러를 땄어요. 재미가 쏠쏠했지요. 계속 게임만 할 수 있다면 돈을 못 따도 상관없어요.

제발 편지 좀 씁시다!

P.S. 여기 중국에서는 설날이라며 2월의 첫 닷새 동안 축하해요. 누군가 새해를 며칠씩이나 축하하는 게 별나지 않냐고 묻더군요. 난 "아뇨"라고 대답했어요. 나도 그 기간 동안 축하해 보려 했는데, 참 멋진 아이디어 같더군요.

P.P.S. 내가 당신 주소를 맞게 써서 보내는지 궁금하네요. 당신은 사서함 번호를 갖고 있겠지요. 언젠가 나도 알게 될

거구요.

P.P.P.S. 글렌 엘렌과 낸시에게 대신 안부 전해 줘요. 나 대신 에드 존스와 호레이시오에게 무슨 말을 해줄지 알죠? 그런데 음… 다시 생각해 보니 안 그러는 게 좋겠어요. 당신이 그 녀석들 이야기를 하는 건 별로니까.

일곱 번째
LOVE LETTER

우편물!!! 오늘 드디어 받았어요! 당신에게 작별 인사를 한 뒤 45일 만에야 작은 편지 뭉치가 들어왔고, 맨 밑에 내가 간절히 기다리던 편지가 캘리포니아 코로나도의 2월 6일자 소인이 찍힌 채 있네요.

받자마자 바로 봉투를 찢으니 오려낸 신문이 떨어지는군요. 제목을 힐끗 보니 "미스 M-(M으로 시작한 긴 이름)이 소살리토 수도원에 들어가다"라고 되어 있어요. 순간 정신을 잃고 쓰러졌는데, 눈을 떠보니 누군가 부채질을 하면서 "인공호흡을 해! 인공호흡!"이라고 말하고 있었어요. 나는 "신경쓰지 말아요. 그냥 죽게 해줘요. 여자들은 모두 올가미이자 환상이이에요. 인생은 살 가치가 없어요"라고 말했어요.

물론 수도원에 들어간 사람은 당신의 성과 같은 미스 매튜슨이 아니라 미스 막스밀러임이 금방 밝혀졌어요. 하지만

난 당신이 처음 보낸 편지에 예고도 없이 이런 걸 넣다니 너무 심하다고 생각했어요. 하마터면 큰일 날 뻔했잖아요.

그것만 빼면 당신 편지는, 미국을 떠난 뒤 내게 일어난 가장 큰 사건이었어요. 솔직히 기분이 좋아서 미칠 것 같았어요. 당신은 이야기하는 것처럼 편지를 쓰더군요. 그래서 편지를 읽는 내내, 옆에서 즐겁게 재잘대는 당신을 태우고 운전하던 즐거운 추억이 떠올랐어요. 당신 말고는 누구도 조잘대고 싶은 사람이 없네요.

당신이 뉴올리언스에 간다는 걸 일찍 알았더라면 좋았을 텐데. 이 편지가 늦게 도착해서 정보를 주지 못해 아쉽네요. 루스벨트 일가의 '블루 룸'을 방문하고, '아르노'에서 새우를 먹으면 좋을 텐데(이 말을 하니 문득 생각나네요, 호레이시오는 잘 있나요?), '두 자매의 집'에서 식사를 하고, 시내에 나온 해군 장교들이랑은 시시덕대지 말라구요!

당신의 칭찬을 받으려면 얼마나 금주해야 되는지 궁금하네요. 다시 만날 때까지 '올드패션드(위스키 칵테일-옮긴이)'를 안 마신다고 약속하면 되겠어요? 당신은 그렇게까지 못 버티고, 나도 못 버틸 걸요. 하지만 솔직히 나는 서쪽으로 떠난 뒤로 말짱하게 지내요. 하와이에서 맥주 몇 병과 상하이에서 보드카 몇 잔 마신 걸 제외하면, 술을 입에 안 댔거든요. 매번 술을 마시기 시작하면, 당신이 '좋다'고 말하던 생각이 나서 향수병에 시달려요. 인정하는 게 좋겠지요.

당신을 깊이 사랑해요, 비비. 농담이 아니에요. 우리의 아름다운 우정을 깨서 미안하지만, 사실이 그래요.

이제 숭고한 이야기에서 세속적인 화제로 돌아와서, 내 사진이 제때 도착하면 옛 모습을 보면서 키득거리게 되겠지요. 그런 일에 30달러를 쓰다니 최악이었어요. 수십 명에게 사진을 보낼 요량으로 많이 주문했지만, 당신이 사진을 가졌으니 나머지는 어떻게 처치할지 난감하네요. 하긴 누이가 여럿이니까, 내년이나 그 이후에도 크리스마스 선물 걱정은 안 해도 되겠네요. 사진을 선물하면 될 테니.

나도 당신 사진을 받고 싶어요. 간절히. 내 머릿속에 담긴 당신 모습이 점점 과장되는 것 같아서 슬슬 걱정되기 시작하네요. 당신은 아름답지만, 내가 기억하는 것처럼 화려할 리는 없는데. 내 상상을 붙들어 매기 위해서라도 사진이 필요해요. 알겠죠?

또 당신이 짠 그 양말도 받고 싶어 죽겠어요. 그보다 더 좋은 선물은 없을 거예요. 지금 이 순간에도 추워 죽을 지경이거든요. 내 발은 아주 혹사당하고 있어요. 하지만 이제 전문가 솜씨로 짠 양말을 얻게 생겼으니 나는 참 행운아네요.

　당신이 플로리다 여행에서 돌아온 뒤에야 이 편지를 받겠네요. 나를 그리워하는 마음만 빼고 나머지는 멋진 시간을 보내기를! 그런데 같이 간다는 페기는 내가 12월 31일 밤에 만났던 분인가요? 그렇다면 인사 전해 주고, 부군에게도 축하한다고 인사 전해 줘요. 또 당신에게는 사랑한다고 말해 주고요, 귀염둥이.

여덟 번째
LOVE LETTER

　　당신의 편지를 열여섯 번 읽고 혼자 추억에 잠겼다가, 당신이 날 잊었다는 증거가 될 만한 엄청난 실수를 발견했어요. 당신은 2월 4일에 편지를 쓰면서, 한 달 전 오늘 우리가 '트록' 에 있었다고 했지요. 5센트를 걸고 말하는데, 2월 4일 우리는 극장에 갔어요. 진 티어니와 폴 무니 주연의 〈리브 허 투 헤븐(존 스탈 감독의 1945년 영화—옮긴이)〉을 봤지요. 집에 오는 길에 '콜로니' 에서 각자 초콜릿 아이스크림을 먹었고요. 당신은 기억 못하니 울음이 나오네요. 울어야겠어요. 흑 흑 흑, 너무해, 정말.

　　당신은 플로리다에서 얼마나 체류할지 말하지 않았네요. 어쩌면 당신도 아직 모를 수 있겠지만. 여행은 무척 재미있을 거예요. 나도 같이 가고 싶은데! 플로리다에서 사진을 찍을 때 내게 보낼 것도 한 장 더 찍어요. 수영복 차림도 좋고

요. 누가 당신 사진을 벽에 붙인 적이 있어요? 아기 때 이후
로 말이에요.

어제 받은 편지 중 뉴욕에서 연기 학교에 다니는 여동생
의 편지가 들어 있었어요. 당신 편지만큼이나 재미있더군
요. 당신이 기억할지 모르겠지만, 전에 그 아이가 〈토요일에
초대받은 손님들〉이라는 진짜 뉴욕 연극에 처음 출연했다는
말을 한 적이 있어요. 내가 샌디에이고를 떠나올 무렵에요.
그 아이는 연극평을 전하면서, 스위니 집안답게 겸손하게
"모두 내가 최고였대. 퇴장할 때마다 우레 같은 박수를 받았
지"라고 말했죠. 그 아이는 3월 15일에 졸업해요. 스위니 양
의 분장실 앞으로 할리우드가 줄을 선다네요.

이틀 전 우리 VH-1로 침몰 중인 중국 배의 무전이 들어
왔어요. 서둘러 황해로 나갔는데 거기에 정말 배가 있어서
놀랐어요! 우리 모함이 발견했을 때는 배가 거의 가라앉은
상태였지만 구명 뗏목을 띄웠고, 나중에 구축함이 겨우 두
명을 건져냈지요. VH-1에서는 심심한 순간이 없다니까요.

항공기 모함이 어떻게 생겼는지 알아요?

내가 직접 그렸어요.

나

(손 없음)

멋진 괴물이지요?

나는 피아노로 '젓가락 행진곡'을 칠 수 있답니다. 한 손으로!

잘 자요, 내 사랑.

아홉 번째
LOVE LETTER

    내가 당신을 사랑한다는 걸 깨닫게 되어 정말 다행이에요. 덕분에 쭉 궁금하던 이상한 점들이 해결되었네요. 예를 들면, 당신에게 이렇게 편지를 많이 쓰는 이유, 종일 당신 생각을 하고 밤이면 밤마다 당신 꿈을 꾸는 이유. 미국에 돌아가고 싶어 안달이 나는 이유. 당신이야 여자의 육감으로 (그것도 경마에는 통하지 않더이다) 모든 걸 알아차렸겠지요. 또 당신을 향한 이 큰 사랑이 내게 득이 없다 해도(당신 아닌 누구도 해결 못하는 거죠), 난 12월 29일부터 1월 9일(맞지요?)까지 열이틀을 절대 잊지 않을 거예요. 바로 두 달 전 오늘, 우리는 로즈볼('볼'은 미국의 대학미식축구경기를 뜻하며, 가장 오래된 대회가 로즈볼이다. 해마다 1월 1일 캘리포니아 주 패서디나에서 열린다—옮긴이)과 빌트모어볼에 갔고, 하루 뒤에는 보이젠베리볼에 갔지요.

우연의 연속으로 만남이 엮인 걸 보면 참 놀라워요. 12월 27일 나는 친구 대니와 차를 몰고 샌프란시스코로 갈 준비를 했지요. 정말 솔직히 말하자면, 거기 가서 아는 사람(여자)을 만날 참이었어요. 그런데 무슨 이유인지 몰라도 샌프란시스코에서 즐거운 시간을 못 보낼 것 같더라구요. 이유는 몰라요. 당시 샌디에이고에 있어봤자 좋을 일이 전혀 없었거든요. 나는 '이상한 느낌'에 따라 마음을 정하는 사람이 아니치만, 친구에게 샌프란시스코에 안 가겠다고 말하니 마음이 한결 가볍더라고요. 그것도 대니가 떠나기 몇 시간 전에야 말했지요. 물론 샌프란시스코에 갔다면, 당신은 부대 파티에서 본 예쁜 금발 아가씨로만 지나쳤을 거예요. 더 사귀어보고 싶은 마음이야 있었겠지만.

사실 낸시가 12월 31일 데이트 상대를 미리 정해 놓지 않았더라도 당신은 차선책이 되지 않았을 거예요. 당신은 차선책으로 알고 있었지요? 낸시가 당신에게 대타로 가라고 청하지 않았더라도 내가 당신을 찾아 나섰을 테니까. 왜냐면 부대 파티에서 당신을 본 뒤로 당신만 생각했거든요.

그곳에서 1년 반을 지냈는데도 중국으로 출발하기 12일 전에야 꿈꾸던 아가씨를 만나다니, 그게 화가 나요. 정말 이상하지 않아요?

당신의 낭만적인 대륙 횡단 여행 이야기를 듣고 싶어 죽겠어요. 내가 아는 대로라면 내일 출발하겠죠. 솔직히 어떤 소식이든 다 궁금해요. 지금껏 받은 당신의 편지는, 얼마 안 되는 우편물 속에 들어온 2월 4, 5일자 한 통뿐이거든요. 이제 편지 내용을 달달 외웠으니, 새 편지를 받을 마음의 준비가 되어 있는 셈이죠. 우린 며칠 뒤에 상하이로 돌아갈 텐데, 거기서 당신 편지가 기다리고 있다면 좋겠네요.

당신은 상하이가 어떻게 생겼냐고 물었지요? 글쎄요, 지리책에 나오는 바로는 고대 동양과 현대 서양이 흥미롭게 뒤섞인 곳이라고 해요. 현대적인 고층 사무실 건물과 호텔이 많지만, 거리마다 인력거와 노점상이 넘쳐나죠. 노점상에서 물건을 사려면, 멕시코와 남미에서처럼 물건 값을 흥정해야 해요. 다만 중국인들은 남미 사람들보다 친절하고 예의 바르게 흥정을 하는 것 같아요. '동쪽은 동쪽이고 서쪽은 서쪽이라 둘은 만나지 않는다'란 속담을 알지요? 나도 둘이 섞인 사람은 만나본 적이 없지만, 자동차와 기차가 섞인 전차는 타봤네요.

당신이 편지지와 만년필을 플로리다에 가져가서, 일광욕을 하면서 편지를 써서 보내 주면 좋으련만. 아니면 뉴올리언스나 어디서 엽서 한 장 보내 주면 좋을 텐데. 그것도 아니면 나를 한두 번 생각이라도 해줬으면.

참, 꼭 기억해요!

L.S.-M.F.T.

(Let's Stayhome-Molly & Fibber Tonight! 집에 있자구요. 오늘
밤에 '몰리와 피버' 쇼를 하니까.)

열 번째

LOVE LETTER

당신 알아요? 오늘 내 인생의 중요한 편지 한 통이 발렌타인 선물과 함께 도착했어요. 선물에 대해 말하자면, 내가 당신의 발렌타인이군요.

그런데 계속 말하는 '마리 어쩌구' 하는 얘기는 뭐예요? 1912년(현재 1946년이고 당신 나이가 서른넷이니 1946-34=1912, 그는 또 그녀의 나이를 갖고 놀리고 있다. 그녀는 서른네 살이 아니었다) 설마 모친에게 힘든 시간을 안겨준 그 러시아아인을 찾았고, 당신 이름이 비비가 아니라 부친 쪽으로는 마리였음을 알게 됐다는 얘긴 아니겠죠? 당신이 마리 얘기를 하니 헛갈린다구요. 적어도 내가 사랑하는 여자의 본명 정도는 알 자격이 있지 않나요? 이 간단한 질문에 만족스런 답을 두 달 안에 못 받는다면, 난 당신을 '삐삐' 라고 부를래요. 전부터 삐삐라는 여자랑 사귀고 싶었거든요(하긴 마리도 예쁜 이름 같네요. 만일의 경우에 대비해서 하는 말이에요).

당신이 보낸 편지가 몇 통인지 파악하려고, 봉투의 한 귀퉁이에 숫자를 적기로 했어요. 살펴보니 1번 편지는 못 받았지만, 2번과 3번은 받았네요. 아마 1번 편지에 마리에 대한 설명이 있겠지요?

지금쯤 당신은 코로나도와 플로리다 사이 어디쯤 있을 것 같네요. 여행을 떠나기 전에 내 편지를 받을 수 있다면, 우리 스위니 집안을 찾아가는 방법을 상세히 일러줄 텐데. 코로나도와 플로리다 사이의 도로에서 겨우 세 블록 떨어진 곳이거든요. 당신은 우리 집에 들러서 말에게 물을 먹이고 필요한 물건을 챙기고, 늙은 사과나무 그늘에서 쉬면서, 좋은 우리 부모님과 아직 집에서 어슬렁대는 형제들을 만나볼 수 있을 거예요. 농담이 아니에요, 비비. 당신이 우리 집에 들러 주면 나로서는 그보다 더 기쁠 수 없을 거예요. 우리 부모님을 만나면 어쩌다 이렇게 멋진 아들을, 아니 자식들을 둘 수 있었는지 알 거예요. 캘리포니아로 돌아갈 때 차를 탈지 기차를 탈지 모르지만, 가능하면 우리 집에 들러 봐요. 사실 오늘, 아름다운 아가씨 두세 명이 불쑥 찾아와서, 물이나 하룻밤 잠자리를 청해도 놀라지 마시라고 어머니에게 편지를 쓸 참이에요. 내가 갈망하는 이 오아시스는 '텍사스 주

브렉켄브리지'에 있어요. 포트워스에서 서쪽으로 160킬로미터 지점으로 80A도로 상에 있는 곳이죠. 전화번호부에는 'A.E. 스위니'란 이름으로 실려 있어요. 미리 다 이야기해줄걸 그랬군요. 당신이 이 편지를 받을 때는 이미 코로나도에 돌아와 있을 텐데.

얼마 전 러시아군이 우리 용감한 초계 폭격기에 발포했다는 소식을 들었겠지요? 내가 당한 건 아니었어요. 하지만 사관학교 동창인 클로드 아담스가 사고를 당했지요. 그는 북쪽으로 좀 깊이 날아갔고, 전투기 두어 대가 포격을 한 거지요. 내가 당한 건 아니에요. 난 우리 중국 친구들과 여기 눌러 붙어 있거든요.

그곳을 떠나온 뒤 좋은 영화를 딱 한 편 봤어요. 제목이 〈원더맨〉인데 세 번이나 봤네요. 하지만 좋은 라디오 프로그램은 다 듣고 있어요. 광고도 안 나오죠. 그레이스 켈리도 군 방송은 뚫고 들어오지 못 하거든요. 하지만 프로그램이 미국보다 석 달 늦어요. 실제 방송을 녹음해서, 외국 주둔지의 방송국에 돌리는 데 오래 걸리거든요. 여기서 들은 몇 가지는 샌디에이고에 있을 때 이미 들은 프로그램이었어요.

무슨 노래를 듣든 당신과 함께 간 곳이 떠오르네요. 예를 들면 '멜랑콜리 베이비'는 '마린 룸'으로 날 데려가죠. '돈

블레임 미'를 들으면 '캠프 키드'에서(글쎄요, 모르겠네요. 거기서 딱 한 번 들었던 것 같은데) 새해맞이를 한 일이 기억나요. '저스트 어 리틀 폰드 어펙션'은 거의 모든 곳을 연상시키죠. 캠프 키드, 빌트모어볼, '로우리 애넥스 바'의 슬롯머신, 당신 집 앞에서 차에 앉아 있던 때. '올 오어 낫싱'을 들으면 당신의 맛있는 햄-에그-치즈-베이컨-양상추-토마토 샌드위치가 떠올라요.

참, 최근에 내가 쓴 책 《진러미에서 이기는 법》이 이번 주 가판대에 나왔어요.

P.S. 우리가 알고 지낸 기간이 짧다니 무슨 말이죠? 우리가 안 지는 2년이나 됐는데요. 1945년과 1946년에 걸쳐 2년.

열한 번째
LOVE LETTER

베아트리스 마리아 버나데트 제니퍼 비비, 이틀간의 일정을 마치고 상하이에서 방금 돌아왔어요. 부대 본부 대원들에게 내 우편물이 어디 있냐고 물었더니, 전날 칭타오로 보냈다더군요. 여기 도착하니 내 책상 위에 우편물이 있었는데, 2월 14일자 편지가 한 통 있네요. 당신이 보낸 편지니까 한 통뿐이라고 불평할 일이 아니죠. 그런데 1번은 여태 못 받았어요.

당신이 진짜 비서로 일한다니 정말 자랑스러워요. 당신은 정말 다재다능한가 봐요? 적십자 활동, 뜨개질, 요리, 골프에 이제 비서까지! (빠트린 게 있나요?)

상하이에서는 꽤 즐거운 시간을 보냈어요. 특별한 일은 없었고요. 거긴 미국과 러시아 아가씨가 몇 안 되는데, 나야 돈이 없어서 그 여자들이랑 지낼 수 없었죠. 장난으로 하는 말이 아니랍니다! 그런데 나도 모르게 보는 여자마다 당신이랑 비교하게 되네요. 다른 여자들은 항상 두 번째로 밀리지요. 당신 때문에 눈이 높아졌어요. 이제 딴 사람은 흡족하지가 않거든요. 이런 증세가 얼마나 지속되려나?

여전히 벅의 부조종사로 근무 중이에요. 내가 초계기 지휘관으로 임명될 거라는 얘기가 있어요. 내 비행기와 크루가 생기는 거죠. 다른 초계기 지휘관들에 비해 초계폭격기 경험이 적긴 하지만요.

지금 당신은 플로리다에서 일광욕 중이겠네요. 나는 몇 주간 해를 구경도 못하고 있어요. 그래도 저번 날 밤에는 별이 떴고, 화성과 토성을 보면서 '마린 룸'과 '트로케이데로'에 갔던 일이며 관람전차를 탄 일을 생각했지요. 이제 화성과 토성을 골라낼 수 있는지 모르겠네요. 당신이 있는 곳의 시간을 계산해 보니 불가능할 것 같아요. 여기가 해 뜰 무렵이라면 플로리다는 아직 별이 빛나는 전날 밤일 테니까요.

이곳 사람들은 우편물 처리 과정에 넌더리를 내요. 저번 날 도쿄의 어떤 조직이 국회 차원의 조사를 요구했다는 기사를 읽었어요. 당신의 첫 편지가 아직 도착하지 않는 데는 어떤 변명도 있을 수 없지요. 아직 2번 편지를 시작도 안 했지요?

비비, 당신 편지는 내게 진정한 기쁨입니다. 말로 표현할 수 없을 만큼 당신 편지를 고대하고 있어요.

P.S. 왜 마지막 편지가 키스로 봉해지지 않았을까…?

열두 번째

LOVE LETTER

딩 하우, 비비!

너무 추워서 얼어 죽을 것 같지만, 앉아서 당신에게 편지를 쓰기로 마음먹었어요. 당신 생각만 해도 몸이 따뜻해지거든요.

시시한 영화를 보고 막 숙소로 돌아왔어요. 하지만 만화는 괜찮은 게 나왔더군요. '구피'가 나오는 만화가 있어요. 놓치지 말고 봐요. 난 어찌나 웃었는지 온몸이 아파서, 눈을 감고 진정한 뒤에야 숨을 쉬었죠. 저번 날 밤에는 배에서 〈원더맨〉을 했어요. 달리 할 일도 없어서 이 영화를 네 번이나 봤지요. 이 영화에서는 언제나 마지막에 대니 케이가 여자를 구하죠.

오늘 아침은 힘들었어요. 모함에서 야간 당직을 서고 아침에 일어나니, 물이 현창 바로 위에서 넘실대고 있는 거예요. 모함이 정상 상태보다 몇 피트쯤 더 내려간 거죠. 아침 내내 물을 퍼냈어요. 평소 뚜껑이 꽉 닫혀 있어 누군가 점검하는 걸 잊고 밤새 열어 두었나 봐요. 다행히 모함이 가라앉지는 않았어요. 하지만 밖이 얼마나 추운지!

참, 그 양말은 어디 있나요? 생일까지는 이제 겨우 열 달 남았는데, 그때까지도 양말이 도착하지 않을 것 같네요.

어젯밤 블랙 잭 게임을 해서 28달러를 벌었어요. 월급도 받았고요!

최근에는 편지를 한 통도 못 받았어요. 플로리다 여행담을 듣고 싶어 죽겠어요. 다음 달이나 되어야 소식을 들을 수 있다는 걸 알면서도 그래요. 당신이 돌아가는 길에 우리 고향집에 들르면 좋겠지만, 기차로 이동해서 그럴 기회가 없을지 모르겠네요.

곧 함대가 중국에서 철수할 거라는 소문이 계속 돌고 있어요. 샌디에이고로 가게 되면 좋겠지만, 한동안은 꿈에 불과할 거예요. 그래도 멋진 꿈이지요. 매일 밤 그 꿈을 꿔요. 또 언제나 꿈의 한 가운데 당신이 있어요, 비비.

열세 번째
LOVE LETTER

사랑하는 비비, 이제 닷새만 있으면 봄이 올 것 같은 느
낌이에요.

항구에 정박한(작은 바람이지요!) 모함에서 이 편지를 쓰고
있어요. 바람이 심하고 집채만 한 파도가 쳐서 모함이 계속
솟구쳤다 떨어지는 바람에 항구가 아니라 너른 바다에 나온
느낌이에요. 멀미를 하지 않아 아주 다행스러워요. 오늘 아
침에는 우리를(나를 비롯해 같이 당직을 서는 세 명의 군인) 태울
배가 못 올 것 같네요. 폭풍우가 심해서 배를 여기로 보내지
못할 거예요. 편지를 쓰고 있는 이 타자기는 배에서 무전 수
신을 받을 때 쓰는 용도라서 대문자만 찍히는군요.

오늘의 빅뉴스는 우리 함대가 기상 여건이 되는 대로 사
이판으로 이동한다는 소식이에요. 사이판은 괌에서 북쪽으
로 겨우 200킬로미터쯤 떨어진 섬이에요. 어찌 보면 환영할

만한 변화가 되겠지요. 그곳은 따뜻할 거고, 육지로 올라가서 테니스와 야구, 수영도 할 수 있을 거예요. 난 운동을 해야 되거든요. 허접한 물건을 기어코 팔고 마는 중국 장사치들과 아옹다옹한 것 말고는 이렇다 할 운동을 못 했거든요. 운동을 너무 안 해서 허리에 튜브를 낀 것처럼 되기 시작했어요. 얼른 운동을 시작하지 않으면, 돌아가서 당신과 딱 붙어 춤도 못 추게 생겼다구요.

모함 경계 근무는 이틀 내리 서면 지루해지지요. 그래도 낡은 라디오라도 하나 있어서 그나마 나아요. 라디오에서는 온종일 좋은 프로그램만 나오죠. 예를 들어 어젯밤에는 피버 맥기와 몰리가 나오는 재미난 프로그램이 방송됐어요. 인기가 좋은 프로그램은 전날 놓친 청취자를 위해 다음 날 아침에 재방송하죠. 오늘 아침에는 어젯밤에 웃다가 놓친 부분을 들으려고 재방송을 들었지요. 두 사람은 대단해요. 진짜 끝내 줘요.

당신도 알겠지만, 당신 이름이 '마리'가 된 경위를 확실히 듣기 전까지는 '비비 매튜슨' 앞으로 편지를 보낼 거예요. 지금까지는 당신이 봉투에 쓴 이름과 주소 따위의 정황 증거만 파악됐어요. 그런 마당에 '마리'라는 사람을 모르면서, 갑자기 편지 서두에 '마리에게'라든가 '마리, 달링'이라고 어떻게 쓰겠어요? 그런데 크리스티 매튜슨과는 친척인가요? 크리스티는 '뉴욕 자이언츠'의 유명한 투수로 커브가 일품이죠.

다음에는 햇살 눈부신 사이판에서 밝은 편지를 보낼 테니, 그때까지 딩 하우('언제나 당신을 생각하고 당신 없이는 살 수 없는 이가 사랑과 키스를 보냅니다, 내 연꽃 봉우리.'란 뜻의 중국어에요)!

열네 번째
LOVE LETTER

주둔지 확인 때문에 약간 지체가 됐네요. 주둔지가 확인되었으니, 사이판이라고 알려진 '태평양의 진주'에서 편지를 쓴다고 알릴 수 있게 되었어요(괌 바로 북쪽이에요. 괌이 어디에 있는지는 알지요?). 여기 도착하니, 당신이 보낸 편지 두 통이 날 기다리고 있었어요. 당신의 편지를 받을 때마다 세상이 멋지게 변해요. 가장 최근 편지는 3월 4일자였고, 텍사스(텍사스여, 영원하라!)와 플로리다와 뉴욕을 비롯한 중간 기착지(지점)를 횡단하는 멋진 여행에서 하는 첫 보고였지요. 비비, 당신과 여행할 수만 있다면 뭐든 감수할 거예요. 당신네 괴짜 무리는 신나는 시간을 보내겠지요. 솔직히 당신과 함께라면 즐겁지 않은 일이 있을까요?

사랑에 대해 말하자면, 난 사이판도 사랑해요. 농담이 아니라 중국에 있다 오니 여러 면에서 좋은 점이 많네요. 화창한 날씨, 다양한 스포츠 시설, 중국에서는 부대가 상하이 · 칭타오 · 오키나와로 흩어져 있지만 여기는 한데 모여 있어요. 스포츠 이야기를 하자면, 당신의 겸손한 영웅은 함대 최고의 선수이고, 소프트볼 팀 투수에다 최고의 편자던지기(미국이나 캐나다에서 주로 하는, 편자를 말뚝에 던지는 게임-옮긴이) 선수일 걸요. 또 일요일에 농구를 해봤는데 죽을 뻔했어요. 아직은 몸이 좋은 상태가 아니걸랑요.

게다가 사이판에 다시 간다는 데 스릴을 느꼈어요. 2년 전 6월, 테네시 호에서 근무할 때 혼자 일본인 2만 명을 전멸시킨 곳이 바로 사이판이거든요. 그 이야기는 다음에 해줄게요. 전부터 나중에 손자들에게 이야기해 주겠다고 꿈꾸었지만, 먼저 당신한테 해줄게요.

신나는 소식이 있어요. 우리 함대가 작전을 중지한다는군요. 갑자기 함대가 해체되고, 모든 소속원이 재배치된다는 뜻이에요. 몇 달 안에 당신을 다시 만날 기회가 생길 거라는 뜻이기도 하고요. 창가에 촛불을 켜놓고 있어요. 내년에 다시 로즈볼에 갈 수도 있을 거예요!

사진과 양말은 여태 도착 안 했어요. 이제는 더 이상 춥지 않을 테니 양말은 두고 당신 사진만 목 빠지게 기다리고 있어요. 칭타오에서는 당신 사진 못지않게 전문가 솜씨로 짠 양말을 기다렸죠. 전에는 먹는 게 중요한 것 같더니, 발가락도 대단히 중요하다는 걸 깨달았지요. 하지만 정말 중요한 건 그런 게 아닐 거예요. 솔직히 텍사스에서 오는 엽서가 최고겠지요. 엽서에 사진만 있다면요!

일요일 오후에 함대원 여럿이 지프를 타고 섬을 돌다가 클럽의 파티에 참석했어요. 장교 서른다섯 명과 USO의 쇼걸 셋이 있었죠. 사실 한 명과 춤을 추었는데, 당신이랑 출 때를 대비한 연습 경기랄까?

9시가 넘었네요. 늦은 시간이니 굿나잇 키스를 해야겠네요, 비비. 달콤한 꿈 꿔요.

P.S. 대가족을 어떻게 생각하나요?

P.P.S. 아직도 1번 편지를 못 받았어요. 틀림없이 '마리'가 된 사연이 적혀 있을 텐데. '비비'가 별명일 가능성이 있을까? 라고 자문해 봐요. 내가 알고 싶은 것은, 당신이 나의 비비인가 아닌가라구요.

열다섯 번째

LOVE LETTER

아, 이곳에 다시 봄이 왔고, 젊은 남자는 온통 당신 생각에 젖어 있네요. 겨우내 당신 생각을 안 하기라도 한 듯이 말이죠.

당신이 어제 세인트오거스틴에서 보낸 성명서를 받았어요. 함께 보낸 사진과 같은 크기더군요. 그것은 스테이크와 감자튀김을 먹고 싶은 사내에게 케이크를 안겨준 것과 다름없는 짓이에요. 하지만 불평하는 것은 아니고요.

지금쯤 당신은 정신없는 뉴욕과 미 동부를 돌고 코로나도에 돌아가 있겠지요. 뉴욕에 오가면서 무슨 짓을 했는지 기록한 보고서를 돌릴 때, 나도 발송자 명단에 넣어 줘요. 이 소문 자자한 여행에서 뉴욕에 들를 거라고 귀띔해 줬다면, 내가 이제 겨우 열아홉 살 된 누이 줄리아를 만나 보게 했을 텐데요. 줄리아는 그 즈음 연기학교를 졸업했어요. 당신처럼 대담하고 귀여운 친구죠. 하지만 당신이 뉴욕에 체류하면서 잘 지낸 듯하니 됐네요.

VH-1이 작전을 중지하고 미국으로 귀환할 거라는 얘기에 대해서는 더 이상의 소식이 없네요. 사실 앞으로 석 달은 그런 일이 없기를 바라고 있어요. 그 정도로 사이판이 좋아서가 아니라, 석 달 안에 귀국하게 되면 이 스위니 중위는 이곳의 다른 함대에 남게 되기 때문이죠. 샌디에이고를 떠나온 지 얼마 안 되었기에 할 수 없어요. 그래요, 당신과 나는 백만 년쯤 됐다고 느끼지만, 해군 당국은 구닥다리 해군 달력을 쓰거든요.

이곳에는 멋진 장교 클럽이 있고, 섬에 있는 클럽들보다 좋고 가격은 이 정도예요. 코카콜라 10센트, 맥주 10센트, 모든 혼합 음료 10센트. 내가 술꾼이 아니니 다행이죠. 어라! 진짜에요. 정말로 술을 많이 안 마신다구요.

지난 몇 주간 우리가 한 일이라곤 나쁜 날씨를 피하는 것뿐이었어요. 지난 목요일 태풍이 온다는 소식이 있었고, 다른 곳으로 대피할 만큼 엄청난 녀석일 거라는 소문이 돌았죠. 홍콩과 도쿄 같은 곳이 언급되었고, 북섬(뉴질랜드를 이루는 두 개의 섬 중 북쪽에 있는 섬-옮긴이)으로 가야 될 것 같았어요. 결국은 오키나와로 돌아가는 쪽으로 타협을 봤고, 그곳에서 수상기에 탄 채 사흘간 즐겁게 보냈지요. 오키나와에 도착한 날은 25센트를 한도로 가볍게 포커 판을 벌였는데, 나는 17달러를 잃었어요. 다음 이틀간은 제한 없이 게임을 하려는 사람들이랑 판을 벌여서 하루는 45달러, 다음 날은 35달러를 땄지요. 결국 그날 밤 클럽에 가서 블랙잭에서 24 달러를 따는 것으로 여정을 마쳤고요. 한 사람이 카드와 사랑에서 동시에 행운을 얻을 수 있을까요? 그러면 좋을 텐데. 내 앞에 지폐가 수북수북 쌓이고 있답니다!

이틀 전 라디오가 고장 나서 소리가 죽어 버렸지요. 며칠 밤을 꼬박 새며 간호를 했지만 그렇게 됐어요. 그래서 어제 병사로 분장하고 매점에 가서, 55달러를 주고 새 라디오를 구입했지요. 포오커 판에서 돈을 땄으니 그 정도야 가뿐하죠. 게다가 무슨 대가를 치루더라도 '피버 맥기 & 몰리'를 들어야 되니까요.

참, 날씨 이야기를 하던 참이지요? 화요일에 오키나와에서 돌아와서, 엄청난 파도를 피하느라 언덕 위로 올라가야 했지요. 그 파도에 대해서는 당신도 신문과 TV에서 봤을 거예요. 아무튼 해를 입지는 않았어요.

내 방(퀀셋 : 벽과 지붕이 반원형으로 연이어진 숙사—옮긴이)은 화려한 아가씨들 사진으로 화사하게 꾸며져 있답니다(물론

전에 방을 쓰던 사람이 붙여 놓은 거죠). 아직도 태평양 어딘가에
서 날 찾아 헤매는 당신 사진만 받는다면, 그 사진을 다 내
놔도 아깝지 않아요.

열여섯 번째
LOVE LETTER

미침내 8번 편지를 받았어요! 7번이 세인트오거스틴에서 보낸 엽서가 아니라면 지금 어디 있는지 모르겠지만요. 아직 1번 편지는 구경도 못하고 있어요. 8번을 기다리느라 애가 타 죽을 지경이었지만, 긴 편지인 데다 여행 이야기여서 이번 한 번만 용서하기로 했어요. 하지만 다음부터는 절대 그러지 말아요!!!

글렌과 해리의 소식은 정말 놀라웠어요. 그냥 보여 주려고 그러는지도 모르죠. 그 친구는 운이 좋아요. 예전의 나라면 둘이 얼마나 알았기에 결혼하느냐고 말했겠죠. 하지만 당신과 2주를 보낸 뒤로는, 사람끼리 얼마나 알아야 서로 안다고 할 수 있는지에 대한 관점이 바뀌었거든요. 두 사람이 어떤 사람이냐에 달려 있는 것 같아요. 서로 오래 아느냐 아니냐가 아니라. 헛갈리지요? 당신이 헛갈린다는 걸 아니

다행이에요. 난 잭이에요. 존이란 뜻이지요. 이 말을 하니 또 늘 하는 말이 생각나네요. 당신 이름은 뭔가요? 나를 존이라고 부르는 걸 허락할게요. 솔직히 호레이시오든 에드든 생각나는 대로 불러도 상관없어요. 나를 불러 주기만 해요. 별점이 대단하긴 해도, 사실 내 별점이 없었으면 아무 데도 갈 엄두를 못 낼 거예요. 나를 존이라고 부르는 것과 별점이 무슨 상관이 있죠? 당신은 내가 사랑한 여자 중 가장 정신 없는 사람일 거예요.

이제 기행문을 비평해 봅시다. 내 고향에 대해 쓴 대목을 읽으면서 당연히 속상했지요. 일부는 사실이라는 걸 인정하지만요. 당신이 엉뚱한 곳을 지나서 너무나 안타까워요. 샌프란시스코나 로스앤젤레스나 코로나도에 가보지 않고 캘리포니아의 사막만 지나간 사람이 "캘리포니아, 별것 아냐"라고 말하는 것과 똑같거든요.

우리 집을 예로 들어 보자구요. 넓은 잔디밭이 있고, 현관 앞에는 사방으로 포도넝쿨이 뻗어 있어요. 집 곳곳에 커다란 배나무 몇 그루가 있는 그런 식이에요. 솔직히 말해 텍사스가 전부 모래투성이는 아니라구요!

주 이야기가 나와서 말인데, 당신이 여행을 마칠 예정이라는 '컴플리트 이그조션'('완전히 기진맥진'이란 뜻)이란 곳은 어디에 있나요?

사이판 생활은 처음 며칠간은 정신없이 지냈지만 그 뒤로 규칙적으로 돌아가고 있어요. 며칠 동안 지프를 타고 섬을 돌아다니며, 어느 장교 클럽에서 환대 속에 즐거운 시간을 보낼 수 있는지, 어디 가면 홀대받을지를 파악했지요. 하지만 요즘은 기지를 떠난 적이 없어요. 부대 인사 장교와 사이판 '공-해 구조 장교' 직을 맡아서 낮에는 꽤 바쁘고, 밤에는 주로 영화를 보거나 라디오를 들어요.

이곳은 정말로 아름다운 섬이에요. 낮에는 좀 덥지만, 저녁에는 기후가 좋고 서늘해요. 당신이 적십자로 돌아가고, 적십자가 당신을 여기 파견해 내게 커피와 도넛을 대접하게 해준다면 이 섬도 괜찮을 텐데. 하지만 사이판에는 적십자가 있을지조차 의문이네요.

아직 사진도, 양말도 오지 않았어요.

P.S. 달키봉(SWABOGK)! 이 말은 '달콤한 큰 키스로 봉함(Sealed With A Big Ole Gooey Kiss)'의 약자예요. 당신이 "이런, 이런!"이라고 말하는 것 같네요.

열여섯 번째
LOVE LETTER

이번에는 동시에 두 통을 받았어요. 당신, 잘 하고 있어요. 다음 편지에 스웨터의 치수를 보내 줄게요. 전문가 솜씨로 짠 스웨터를 입는다는 생각을 하면, 어리둥절하고 정신이 없어요.

시골 여행에 대해 쓴 편지를 재미있게 읽었어요. 다만 같이 있어서 구경시켜 주면 좋았겠다 싶어 아쉬웠지요. 한 가지, 도중에 만난 여러 가지 로맨스에 대해서는 한 마디도 하지 않았더구만요. 당신이 티파티에 차를 마시러 간 해군 장교들의 넋을 빼놓은 걸로 보면, 여행 중에도 분명히 여러 사건이 있었을 텐데 말이지요. 말해 봐요, 귀염둥이. 은밀한 이야기를 좀 털어놔 봐요. 세 번째 남편으로 삼을 남자라도 만났나요?

당신이 부활절 토끼가 되어 주겠다는 편지는 이틀 후에

도착했지만, 내내 당신을 생각했어요. 하지만 속담을 잊지 말아요. '오늘의 토끼는 내일은 사라지고 없다' 라고 하잖아요. 즐거운 크리스마스와 행복한 부활절이 되기를!

그 말을 하니 생각나네요. '그저 12월 31일 밤의 댄스파티였지요. 그뿐이었어요. 하지만 아, 어땠나요' 라는 노래는 어때요. 프랭키가 노래하죠. 아니면 '설탕 속에 든 것은 개미가 아니에요, 어머니. 어머니는 차에 주사위를 넣네요' 는요?

이제 개와 고양이 얘긴데요, 토론을 벌이진 못할 것 같네요. 하지만 '피버 맥기 & 몰리' 프로그램은 언제나 하니까요. 난 개를 좋아하고 고양이도 좋아해요. 두 동물 다 똑같이 좋아요-전에 보조라는 개를 키웠는데, 내가 굉장히 좋아했고 보조도 날 좋아했어요. 하지만 그때 토파즈라는 고양이를 알게 됐는데, 암컷인데도 아주 안정감 있었지요. 또 마리를 알게 되었는데(고양이가 아니라 여자예요) 아주 좋은 사람이죠. 또 이야기가 딴 데로 빠졌네요.

당신이 보낸 삭스(양말)를 받기도 전에 중국을 떠나다니 나는 정말 운이 없죠. 난 '삭스' 라고 써야 될 곳이 '섹스' 로 보이지 않게 쓰려고 무척 주의해야 해요. 당신이야 뭐라고 썼는지 알겠지만, 지금부터 40년 뒤에 (은퇴한) 미 해군 중위

스위니의 '저명한 해군들의 저명한 편지들' 에서 이 편지를 읽을 사람들을 염두에 둬야죠.

참, 의회가 내 봉급을 올린다는 기사를 읽었어요? 그럴 만큼 일을 많이 하진 않은 것 같지만, 괜찮은 사람들이네요. 물론 하원에서 법안을 통과시키는 절차가 남았지만, 그냥 요식행위죠.

당신은 내 사진을 더 보내 달라고 하는데, 나는 아직 당신의 첫 번째 사진도 못 받았어요. 우리가 치를 수밖에 없는 대가인가 봐요. 내가 간직한 유일한 사진은 기억이지만, 지워지지 않을 거예요. 진심이에요. 늘 더욱 더 당신이 그리워요. 오래 전 1월 당신 곁을 떠났을 때는, 그게 최근의 일이라서 당신 생각만 난다고 믿었어요. 하지만 떨어져 지낼수록 더 또렷이 생각나고, 당신이 가장 멋진 여자임을 더욱 깨닫게 되네요.

여우처럼 재빠르게 답장해 줘요.

열일곱 번째
LOVE LETTER

안녕, 내 사랑?

오늘 소득이 있었지요! 당신이 보낸 양말과 사진이 오늘 도착했거든요. 14번 편지와 함께!(11번, 12번 편지는 어떻게 됐을까요? 또 가여운 1번은?) 웃음이 듬뿍 담긴 정말 좋은 편지였어요.

그런데 그 사진 말이죠! 솔직히 1분간 숨을 멈췄어요, 당신이 그 빛나는 눈으로 날 쳐다보고 있으니 말이죠. 한꺼번에 추억이 밀려와서, 벌써 코로나도에 가고 싶어지네요. 좀이 쑤셔요. 아무튼 그 사진이 내 인생을 환하게 해주었다니까요.

양말 역시 숨 막히게 좋아요. 당신이 만드는 과정을 알려주지 않았다면, 직접 짰다는 걸 못 믿었을 거예요. 이곳 날씨가 춥지 않지만 고맙지 않다거나, 쓸모없을 거라는 생각은 접어요. 양말은 당신을 생각나게 하고, 크기도 딱 맞고 아주 폭신하고 편해요. 당신이 나한테 선물하려고 이렇게 수고했다니 놀라워요. 날 잘 모르면서, 내가 양말을 신었는지 안 신었는지도 몰랐잖아요. 하지만 발바닥 저 아래로부터('마음속 깊이'란 뜻이에요) 고마워요.

또 좋은 직장을 구했다는 소식, 반가웠어요. 닥터 라탐은 어떤 사람이죠? 내가 듣기에는 늑대 같은데요. '씨얼 악기점'에서 일하지 않길 잘 했어요. 씨얼은 늑대니까.

당신이 닥터 라탐의 치과에 취직하다니 놀라워요. 그는 무경험자 조수를 구한다고 했잖아요. 두 남편에 대해 말하지 않았나 보죠? 아무튼 급여랑 근무 시간이랑 괜찮은 것 같네요. 나도 수요일과 토요일 오후는 비번이에요. 둘이 같이 있어야 하는데…, 그러면 수요일과 토요일 오후에 재미있게 지낼 수 있을 텐데. 당신이 받는 월급 140달러도 있으니 말이죠.

엘리앤과 클라이드 실패담(쉬잇!)은 1면 기사에서는 빠지고 광고 정도로 내려앉았나 보군요. 요즘 여자들끼리 얘깃거리가 없나 봐요? 스캔들 같은 거 없어요? 동네에서 분위기를 띄우려면 짭짤한 얘깃거리가 있어야 된다죠? 내가 방법을 전수할 게요. 당신이 나를 사랑하는 것처럼 꾸미는 거예요. 그러면 내가 낸시에게 텍사스에 아내와 세 아이가 있다면서 당신에게는 아무 말 말라고 하는 거예요. 그 다음에 엘리앤에게 그 이야기를 하면서 당신한테는 말하되, 낸시한테는 입다물라고 말하는 거죠. 그러면 몇 달간 그 소문으로 시끄럽겠죠!

우린 '피버 맥기 & 몰리'를 놓고 싸울지 몰라도, 적어도 한 프로에는 동감이네요. '꿈을 위한 음악'이라니 듣기 좋은데요. 나 같은 사람('나'라고 해둡시다)이 농담의 배경을 설명해 주면, 당신도 '피버 맥기 & 몰리'를 좋아할 텐데.

'고양이 대 개' 화제에 대해 열띤 토론을 못해서 유감이지만, 흥미로운 점은 있네요. 남자들이 아내를 허리띠로 때려야 될까요, 대나무 지팡이로 때려야 될까요? 그 문제에 대해서는 몰라요, 때릴 아내가 있어 봤어야 말이죠. 하지만 당신에게 남편이 둘이었긴 해도, 우린 그 문제를 놓고 팽팽한 설전을 벌일 수 있을 걸요.

저번 날 메릴 오버론과 폴 무니가 쇼팽 역을 맡은 〈송 투 리멤버〉를 봤어요.

오늘 밤에는 섬을 가로질러서 C. 게이블과 G. 가슨이 나오는 〈어드벤처〉를 보러 가려구요. 내일 밤에는 마거릿 오브라이언과 보리스 칼로프가 나오는 〈매드 러브〉를 볼 거구요. 조 바나나와 오케스트라에 대해 들어 봤어요?

그럼 안녕!

P.S. 양말과 사진, 다시 한번 고마워요.

P.P.S. 날 지루한 사람으로 보진 않겠죠? 무지 중요한 질문
이니까 재빠르게 답해 줘요.

그리고 잠깐! 방금 당신이 3월 18일, 플로리다 잭슨빌에
서 쓴 감각적인 편지를 받았어요. 당장 답장할게요!

열여덟 번째
LOVE LETTER

사진과 양말을 보내 줘서 고맙다는 편지를 마무리하는
데, 누가 불쑥 편지 두 통을 떨어뜨려 주네요. 얼굴이 빨개
져서 고맙다고 인사하고 보니, 한 통은 잭스(같은 상표의 맥주
와는 무관함)에서 보낸 3월 18일자 편지에요. 지금껏 이렇게
멋진 글은 읽어본 적이 없어요. 당신을 사랑하는 나를 멋지
게 생각한다는 구절이 있네요. 당신도 같은 마음일 수 있으
리란 말까지 했네요. 이 아가씨, 플로리다의 태양을 너무 많
이 쪼였나…. 폴짝폴짝 뛰며 그렇게 중얼거려요. 하지만 생
각할수록 기쁘고, 구름 위 일만 피트 상공으로 머리가 올라
간 기분이에요. 이렇게 좋을 수 없다는 말밖에 못하겠네요.
아뇨, 그것만이 아니에요. 나머지 얘기는 다시 만날 때까지
미뤄 두자구요. 편지로는 그 말을 시작도 못 하니까.

　당신이 최고의 편지를 쓴다는 말은 농담이 아니에요. 전

에는 편지를 모은 적이 없거든요. 성가시고 여기저기 갖고 다니기도 곤란해서요. 하지만 당신이 보낸 편지는 다 모으고 있을 뿐 아니라 몇 번씩 반복해서 읽어요. 우울해서 웃음이 필요할 때마다, 그 편지를 읽고 기운을 차립니다. 나도 당신에게 그런 사람이겠죠?

'어금니 박물관' 근무는 어때요? 의사가 이를 치료할 때 당신이 환자의 손을 잡아 주나요, 예쁜 흰 치아를 환자들에게 보이면서 돌아다니기만 하나요?

당신이 내 배를 마중하러 포인트 로마(샌디에이고에 있는 지역—옮긴이)까지 헤엄쳐 오겠다니 근사한 아이디어지만, 귀국명령이 떨어지면 난 비행기를 타고 북아일랜드로 날아갈 거예요. 내가 유람선 위로 날아가다가, 당신을 우편낭처럼 끌어올리면 멋지지 않을까요? 점심시간이 두 시간이라니, 주의하지 않으면 당신 몸매가 우편낭이랑 비슷해지겠는데요. 몸매가 그렇게 되면 좀 곤란해지겠어요. 그래도 당신을 사랑하긴 하지만요.

이제 취직했으니 내 조끼를 짤 짬이 없겠지만, 필요한 경우에 대비해서 사이즈를 재서 보낼게요. 목(!)이랑 가슴, 허리, 길이, 겨드랑이 등을 재 보내라고 했죠?

목······················15인치

가슴(보통 때)············38인치

가슴(쫙 폈을 때)········38인치

허리····················32인치

길이(딸에서 허리까지)····12인치

진동 둘레················19인치

기타····················26 1/4인치

어깨 근육에서 목까지는··· 이 정도

머리(머리카락 빼고)········7 1/8인치

마음(당신의 편지를 읽고 난 뒤)······125평방 피트

당신이 말한 스냅 사진이 몇 장 있으면 좋을 텐데. 한 장 보내도록 애써 볼게요. 당신이 내 사진을 갖고 싶다면, 독사진으로 보내는 게 좋을 것 같은데요. 사진 얘기가 나왔으니 말인데, 누군가 당신 사진이랑 포장을 뜯은 시리얼을 두고 갔네요. 그래도 먹을 만할 것 같네요.

쓸 얘기가 무지무지 많지만, 다음 편지를 위해 아껴 둘래요. 곧 쓸게요. 당신을 생각하는 일 외에도 할 일이 있거든요!

P.S. 평소의 요란한 키스 대신 당신이 해달라는 약간 가벼운 키스로 편지를 봉합니다. 하지만 이건 별로네요.

열아홉 번째
LOVE LETTER

명랑소녀 양, 내가 오늘 나가서 뭐 했게요? 골프 같은 독특한 게임인데, 골프 공만 한 공을 갖고 해요. 골프할 때처럼 막대기로 하죠. 처음엔 그걸 골프로 여겼지만, 경기 방식을 보니 골프가 아닌 것 같았어요. 그래요, '사이판 컨트리 클럽'은 공사 중이에요. 황무지에서 밀고 나가고 있죠. 오늘 내가 한 게 바로 그거에요. 황무지에서 밀고 나가는 것. 9홀이 있다는데, 홀이 보이지도 않던걸요. 9홀에서 55타를 치다가 그만뒀어요. 경기를 접을 때쯤 몸이 풀렸으니 18홀을 쳤다면 85타쯤 됐을 것을.

아가씨, 우리 만난 지 4개월이 지났고 나는 편지에서 상세히 설명한 것과 같은 상태랍니다. 여전히 당신한테 반해서 거기 같이 있고 싶어요. 아님 당신이 여기 있거나, 다른 곳에 둘이 같이 있으면 좋으련만. 당신이 영화와 유머러스한

라디오 프로를 좋아할 수 없다 해도 괜찮아요. 그거야 당신의 성격 때문이겠죠. 내가 아는 것은, 우리가 찰떡궁합이라는 사실뿐!

어제 당신이 보낸 수류탄 두 개와 함께 집에서 편지가 왔어요. 뉴욕에서 연기 학교를 마친 내 여동생 기억하죠? 아직은 브로드웨이가 우리 스위니 집안을 못 알아봐서 〈토바코 로드〉란 작품에서 주연은 케이 코넬에게 맡기고(우린 '케이' 라고 부르죠) 동생은 '리즈드 허드닛 5번가 살롱' 에서 안내원(그게 뭔지 몰라도)으로 취직했다는군요. 못 들어본 이름이지만, 어머니가 몹시 들떠 계시는 걸 보면 대단한 곳인가 봐요. 근무 시간이 오후 5시부터 10시까지니, 해군 장교가 봐도 근무 조건은 괜찮은 듯하네요. 그 악동 녀석이 그런 직장에서 일하다니 상상이 안 되지만, 스위니 사람들은 못 말리는 겸손으로 유명하니까요.

또 다른 누이가 지난 8월, 고향 남자와 비밀리에 결혼했다는 사실이 밝혀졌지요! 어머니는 기절할 뻔했는데, 여동생 페기는 어머니가 그런 반응을 보일 줄 알고 무서워서 말을 못 한 거였죠. 어머니가 그 남자를 싫어하지는 않았어요. 좋아하셨고 나도 그렇지만, 촌놈 티를 못 벗을 사람이라서 어머니는 페기의 남편감으로는 섭섭하셨겠죠. 하지만 스물

두 살(어머니가 아니라 폐기)이니, 본인이 원하는 걸 잘 알겠죠. 생각해 보니 당신은 34살이네요, 맞죠? 아무튼 어머니 말씀으로는 둘이 대단한 일이라도 한 듯 행복해 보인다니, 그러면 된 거겠죠.

또 다른 누이(진정해요, 누이가 다섯 명이랍니다)는 C.A.A.(뭐냐고 묻지 말아요)에서 일하려고 워싱턴 D.C.로 돌아갔어요. 한동안 거기에 살아서, 우리나라 수도에 대해 당신처럼 팬이죠. 나도 워싱턴을 좋아한다고 덧붙이고 싶지만 그만둘래요. 이 편지에서 공격할 여자가 워낙 많거든요. 날 면도날이라고 불러 줘요. 오늘밤은 정말 날카롭거든요!

이쯤에서 내 얘기의 지루함을 덜기 위한 농담을 던지면 좋겠는데, 떠오르는 게 없네요.

사물함에서 당신 사진이 내게 웃어 주기 시작한 뒤, 난 다시 매일 면도를 시작했어요. 나 바보 같지 않아요?

'치과 조수로 보낸 나날' 이라든가 '환자가 내 농담을 듣고 웃느라 종일토록 이 빼는 것도 몰랐네' 같은 사연을 자세히 듣고 싶어 안달이 나네요.

P.S. 그래요, 2번 편지에 동봉해준 전신환을 받았어요. 한데 1번은 어디 있을까나?

P.P.S. 내게는 흥미로운 형제들도 있어요. 아버지도 계시지
만, 그 얘기는 시작하지 맙시다.

스무 번째
LOVE LETTER

사랑하는 삐삐, 여긴 사이판 터프 클럽이에요.

방금 켄터키 더비 경마에서 60달러를 따고(10달러를 걸었으니, 6배 배당을 받은 셈이죠) 흥분해서, 누군가에게 이야기해야 했고 물론 상대는 당신이지요. 텍사스 말을 골라서 이겼고, 당신이 텍사스와 그곳 사람들과 그곳 태생의 말에 열광한다는 걸 알거든요. 우리 말이 1등이었고, 당신이 좋아할 것 같았어요. 또 산타 아니타에서 보낸 날은 휴무일이었고, 내가 말을 고를 줄 안다는 걸 증명하고 싶은 마음에 이 얘기를 한 거예요. 언젠가 볼링장에서 당신에게 이길 기회를 줄 테니, 이번에는 나도 체면을 차리고 싶었고요.

일요일 아침에 경마 중계를 듣는 게 웃기겠지만, 당신이 있는 곳은 토요일 오후잖아요. 지금 당신은 오늘 밤 쓸데없이 늑대랑 만나려고 한껏 꾸미고 있을 거고요. 내가 있는 곳

은 오늘 오후겠지만. 무척 헷갈리고 기분도 별로네요.

어젯밤 왜 당신이 여기서 열린 댄스파티에 안 왔는지 모르겠군요. 분명히 2, 3일 전쯤 초청장을 보냈는데. 여러 곳의 지휘관, 사령관, 장군과 부인들까지 모인 행사였어요. 다들 몹시 취했지만, 남자들을 비난할 수는 없었어요. 부인과 사이판에 묶여 있다면 나라도 만취할 거예요. 솔직히, 품위나 매력 면에서 당신의 절반이라도 따라갈 여자가 있었다면 엄청 인기 있었을 걸요. 장교 300명에 여자는 100명이었거든요. 나는 당신이랑 춤출 경우를 대비해 연습하느라 두어 번 플로어를 밟았지요.

내가 돌아가서 같이 할 일을―내게 크리비지 카드게임 가르쳐 주기, 볼링 게임, 피자 사냥 등―계획해서, 하나도 빠트리지 않게 목록 작성을 시작하는 게 좋겠어요. 전부터 크리비지 게임을 배우고 싶었지만, 기다렸다가 당신한테 배울래요. 당신이 나한테 이기는 재미를 맛보게 해줘야죠. 물론 두어 판 하고 나면 번번이 내가 이길 테지만.

어젯밤에 댄스파티에서 화끈한 이야기를 들었어요. 한 사람이 동료에게 "저 이브닝드레스 좀 봐. 끈이 없고 등판도 없네"라고 말했지요. 그 말을 들은 사람은 "그래, 하지만 오늘 밤 여기 모인 사람들은 대부분 몸매도 없고 희망도 없지"라고 대꾸했죠. 솔직히 그 말을 한 사람은 나였고 재미있는 농담이라고 다들 웃었지만, 그 얘기는 전에 어디서 들은 거였어요.

스물한 번째
LOVE LETTER

거트!

어젯밤 당신의 동생 마리에오스키에게 편지를 보내 달라는 짧은 편지를 받고 무척 놀랐습니다. '관심'에 감사드리며, 마리에오스키를 위해 주시니 가족으로서 당연하지만 참 친절하다고 생각합니다. 하지만 잠시라도 저를 속이지 못할 거라는 점을 알아주기 바랍니다. 거트에게도 아무 도움이 안 될 거고요. 저랑 마리에오스키를 이어 주려는 의도겠지요. 하지만 해마다 이맘때면 저에게 소개팅을 시켜 주려는 여성이 문자 그대로 수십 명은 된답니다. 그래서 이런 일을 많이 겪어 봤지요. 거트를 탓하는 건 아니고요. 저 같이 부유하고 잘 생긴 남자를 만날 기회가 어디 많은가요. 하지만 이미 너무 늦었다는 걸 아시죠? 동생 마리에오스키한테 완전히 사로잡혔거든요. 또 저는 일편단심 민들레 형 사내여서, 당연히 다른 짓에는 전혀 관심이 없답니다. 필요하다면 마리에오스키를 따라 지구 끝까지 갈 것이고, 캘리포니아에서 보니 땅 끝이 멀지도 않더군요.

　안됐네요, 거트. 하지만 인생이 다 그런 거죠. 마리에오스키가 제 일생의 유일한 여자라는 점을 이해하고 더 이상은 성가시게 굴지 말아 주세요.

P.S. 제가 코로나도에 도착했을 때 마리에오스키가 다른 남자랑 사귀고 있는 경우를 대비해 댁의 전화번호 좀 가르쳐 줄래요?

스물두 번째
LOVE LETTER

안녕, 내 평생의 사랑.

최근 당신이 내 편지를 충분히 받지 못했다는 소문을 들었기에, 서류철을 뒤져 보니 4월에 연속해서 이틀간 편지 쓸 생각만 하고 쓰지 않았더군요. 당신의 플로리다 편지가 두 통 다 늦게 도착했거든요. 2주간 소식을 못 들은 나는, 답장이 없는 사람에게 긴 이야기를 하기가 힘들어서 그렇게 된 거였어요. 하지만 그 뒤 당신은 유독 친절했고, 난 쓸 얘기가 많았는데 내 편지는 그렇게 보이지 않았나 봐요.

하지만 이런 설명을 길게 하는 것은 엄청난 소식이 있어서랍니다. 요즘 사이판에는 일이 잘못 되지만 않으면 VH-1이 작전을 중단할 거라는 소문이 쫙 퍼져 있어요. 우리가 한두 주 내로 샌디에이고에 되돌아갈 수도 있다는 뜻이지요. 해군이 어떤지 알잖아요. 믿을 수는 없지만 상황은 좋아

보이네요.

당신에게 미리 귀띔할지, 북아일랜드에 도착해서 놀라게 할지 고민스러웠어요. 거기서 공중전화에 동전을 넣고 H3-4792에 전화해서, 어떤 반응이 나오는지 두고 볼까 하고 말이죠. 하지만 안전하게 미리 말해서, 당신에게 남자관계를 정리할 시간을 주기로 했죠. 노름할 돈도 조금 모으고, 행동 개시할 준비도 하고요. 동전을 두둑이 준비하는 게 좋을 거예요. 립스틱도 고쳐 바르고요.

물론 허탕이 될 가능성이 있고 아직 확실한 건 없지만, 두어 달 안에 당신 집 앞을 서성이지 못한다면 난 머리를 쥐어뜯고 있을 거예요.

글렌에게 소식이 있어요? 동부와 서부를 잇는 계획이 예정대로 됐대요? 신랑은 ‘동-서 연결’ 이라고 부를 걸요!

여기 사이판에는 군인 가족이 무진장 많은데, 계속 들어오고 있어요. 오늘 부인 여럿이 온다기에 남는 사람이 있을까 해서 나가 봤지만, 다들 짝이 있더구만요. 남녀 수가 딱 맞아떨어지더라구요. 사이판에서 백인 아이들이 뛰어다니는 광경을 보니 우스워요. 몇 달 동안 미국 어린이들을 못 봐야, 그들을 보면서 같이 있는 게 좋다는 걸 깨닫게 되지요. 중국에서는 아이들(중국 아이들)이 늘 일을 하거든요.

본부에서 보고를 받았는데, 고교 2년생인 막내 동생 케이티가 학교 연극 대회에서 주연을 맡았다는군요. 텍사스 고교 연극 대회의 역사를 다시 쓸 거래요. 스위니 가족이 또 무대에 서는군요. 뉴욕만큼 대단한 무대는 아니지만. 집안 내력에 연극적 재능이 있나 봐요. 나도 배역을 맡은 적이 있거든요(농담이에요).

작전 중단설이 우리를 휩쓸고 있어요. 소함대에 남은 인원은 겨우 스무 명이고, 곧 중단 명령이 떨어질 것 같은 분위기도 그 때문이죠. 인원 부족이 극심해서, 이러다간 내가 기장이 되어 비행기를 직접 몰고 샌디에이고로 가게 생겼다니까요.

기장인 그러버 소령은 여기 오기 전에 코로나도에서 한 달간 가족과 지냈기 때문에, 나만큼이나 그곳 이야기에 침이 마르죠. '라 아베니다'가 멋진 식당이라고 몇 번이나 말하던데, 당신은 날 거기 데려가지 않았잖아요. 나는 그에게 코로나도를 천국처럼 여기는 이유를 콕 짚어 말할 수가 없었어요. '콜로니'와 '퍼트-퍼트'보다 멋진 골프장도 봤고, 그보다 근사한 곳에서 식사도 해봤거든요. 또 세계적으로 유명한 '서커스 룸'보다 좋은 곳에서 춤을 춰봤고요. 하지만 내가 기억하는 것은 당신밖에 없어요. 그보다 좋은 기억은 없지요.

　작전 중지 명령이 내려오면 재빨리 알려줄게요. 내일 당신에게 긴 편지가 오면 좋을 텐데. 아직 새 직장이 어떤지 못 들었거든요. 잘 자요, 허니.

스물세 번째
LOVE LETTER

짜잔~! VH-1은 5월 23일에 햇살 쏟아지는 사이판을 떠나요. 웨이크와 존슨 제도를 경유해서, 하와이의 카네오헤로 갈 거예요. 카네오헤에 도착한 뒤 VH-1이 어떻게 될지 아무도 모르지만, 작전 중지를 위해 샌디에이고로 보내질 확률이 커요. 노포크로 갈 거라는 이야기도 있는데, 그렇게 되면 아주 좋지는 않지만 샌디에이고를 지나가니 그나마 다행이지요. 어떻게 될지 윤곽이 드러나면 카네오헤에서 전화하려고 노력할 게요.

당신의 언니 거티를 통해서 안부를 안 것 말고는 2주간 소식을 못 들었네요. 거티를 조심해요, 비비. 그녀는 암늑대니까요. 지금 난 너무 약해져 있어요. 솔직히 당신 편지를 못 받고 2주일이 흐르면 풀이 죽지요. 나한테 이러면 안 되죠.

이 편지를 받을 즈음 내가 사이판을 떠난 것 같더라도 계속 편지를 써서 보내 줘요. 하와이에서 받을 테니까요. 우린 그곳에 1주일쯤 체류하게 될지도 모르겠어요. 아니면 이틀쯤 머물고 코로나도로 갈지 모르죠! 너무 좋아서 생각도 못하겠지만, 그 생각을 많이 하고 있어요. 잘못될 경우 실망하고 싶지 않아서, 너무 크게 기대하지 않으려고요. 하지만 간절히 원하는 게 중요하니까, 꼭 코로나도에 가게 될 거예요.

어젯밤 가장 달콤한 당신 꿈을 꿨어요.

스물네 번째
LOVE LETTER

편지를 써달라고 부탁하기 무섭게 딩신 편지를 받았어
요. 당신이 내 마음을 꿰뚫어 보나 봐요. 내 마음이 마음에
드나요? 21번 편지가 오늘 도착했는데, 정말 멋진 편지였어
요. 어떤 면에서는 최고였고요. 지난번에 받은 편지가 15번
이었으니, 중간의 몇 통이 사라졌군요.

오늘 받은 편지의 내용은 〈캐스 팀벌레인(중년의 재판관과
젊은 아내 사이의 이야기를 다룬 1945년 영화―옮긴이)〉과 비슷하
더군요. 예순두 살의 치과의사가 조수를 갖고 노는 이야기
같아요. 아내와 함께 골프도 친다면서, 왜 다른 여자한테 지
분대는지 이해가 안 되네요. 부인이 공을 제대로 못 치거나
그가 퍼팅을 할 때 말을 건다면 얘기가 달라지지만요. 딴 여
자한테 집적델 만하잖아요.

하지만 진지하게(당신은 그 일에 대해 진지하게 의견을 말했겠

지만, 당신이 진지해지는 경우가 드물어서 뭐가 진담인지 가늠하기 힘들거든요) 말하자면, 나도 그 늙은 놈(젊은 놈도 마찬가지)에 대해 당신과 동감이에요. 아내가 집에서 뜨개질하며 기다리는데, 바람을 피워 가정의 행복을 위험에 빠뜨리는 거죠. 그런 짓을 묵과하는 사람도 있겠지만, 우리 집안은 당신 집안과 비슷해요. 둘이 결혼하면 일심동체라고 믿고, 부부 외의 사람들은 모두 제 3자로 보죠. 아무튼 난 그런 사람이에요. 단점도 있지만(한두 가지쯤 있겠죠) 아내나 가족에게 불성실할 사람은 아니죠. 결혼하면 난 그런 남편이 될 거예요.

나를 제외하면 아버지가 최고의 남자라는 말, 설마 농담이겠죠? 아가씨, 당신은 그런 말을 할 만큼 날 잘 모르잖아요. 하지만 지금까지 들어본 최고의 칭찬이었어요. 당신 말이 맞다는 걸 증명하고 싶네요.

난 당신과 비슷해요, 비비. '치과의사와 조수의 연애 사건' 같은 일을 보면 못마땅해요. 요 몇 년 사이 불륜 사건을 많이 보면서 전쟁 히스테리의 부산물인지, 인간사에 늘 있는 일인데 이제야 눈에 띄는지 이상할 때가 있어요. 아담과 이브 이후 그런 부부가 많지만, 난 그런 짓이 싫어요. 또 당신의 편지로 볼 때, 당신도 나와 비슷하다는 결론을 내렸어요. 얼마나 다행스러운지 모르겠어요. 솔직히 당신한테 편

지를 받을 때마다, 내가 생각하는 사람이라는 확신이 점점
들거든요.

편지로 말고 얼굴을 맞대고 이런 이야기를 할 수 있다면
좋으련만. 내가 당신 편지에 답할 때는 한 달 뒤이니 화제가
김이 빠지죠. 작전이 중지되어 샌디에이고로 가게 되면 얼
마나 좋을까. 어제 편지에 썼듯이, 5월 23일 카네오헤에 도
착해야, 어떻게 될지 알게 될 거예요. 그때(아니면 결과를 아는
대로) 전화해서 알려줄게요. 다시 당신의 목소리를 들으면
정말 좋겠어요.

스냅 사진이 동봉된 편지가 상하이행 비행기에 실리지
않아야 될 텐데. 16, 17, 18, 19, 20번 편지는 그쪽으로 간 것
같아요. 1번과 11번도 마찬가지고요.

《달걀과 나》는 읽어 보지 않았고, 당신이 책에 서명해서
선물하면 그때 읽을 거예요.

국수가 없는 국물은 맛이 없을지 모르지만, 국물이 없는
국수는 이상하죠. 잊지 말아요.

스물네 번째
LOVE LETTER

달링, 또 나예요. 솔직히 평생 이래본 적이 없어요. 내 기억이 맞다면, 사흘 내리 당신에게 편지를 쓰고 있네요. 전에는 매일 편지 쓰는 사람을 미쳤다고 생각했거든요. 당신에게 편지를 쓰는 것은 (1) 당신과 함께 있는 것 (2) 당신의 편지를 읽는 것 다음으로 좋은데, 당장은 (1) (2)를 못하니까, 헛소리를 써댈 수밖에 도리가 있나요.

오늘 밤에 본 영화는 나를 1946년 1월 1일로 데려갔어요. 앤 서던이 나오는 〈업 고즈 메이지〉는 괜찮은 영화였어요. 앤 서던과 조지 머피가 '로즈볼'에서 멋진 새 헬기를 선보이는 대목이 최고였지요. 그 기념비적인 날 우리가 앉았던 자리에서 찍은 장면도 있더군요. 끝 쪽이지만 당장 표를 구해야 했으니 나은 자리를 얻을 순 없었지요. 어쨌거나 표를 구입할 때는 금발 미녀(내가 깊은 인상을 심어 주고 싶은)를 동반하게 될 줄은 몰랐지요.

페리 코모가 부르는 '돈 블레임 미'를 들으니, 1945년 12월 31일 캠프 키드가 떠오르네요. 모든 것이 당신과 함께 한 멋진 2주일로 되돌려 놓는 것 같았어요. 대형 비행기를 타고 돌아가면 좋으련만. 운이 좋으면 1주일 뒤에는 카네오헤에 도착하게 될 거예요. 평생 이렇게 간절히 뭘 바라본 적이 없어요.

내일 밤에는 기장이 나를 데리고 야간비행에 나설 거예요. 내 야간 비행 점수가 몇 점인지 알게 되겠죠. 시험에 통과하면, 조종사는 내게 P.P.C.(초계기 기장) 자격증을 줄 테고, 말했듯이 그건 내가 당신 다음으로 원하는 일이에요.

목요일이나 금요일에는 카네오헤로 떠날 테고, 작전 중단을 위해 샌디에이고로 가게 될지 여부가 드러나겠죠. 결과를 알기까지 이틀쯤 걸릴 테니, 일요일이나 월요일에 전화할게요.

지난주에는 테니스에 몰두했어요. 공이 라켓줄 대신 테두리 부분에 맞는 소리가 요란했지만, 한때 학교 대항 우승을 꿈꾸던 운동을 다시 하니 좋았지요. 하지만 당시에는 고교팀에서 받아 주지 않아서, 실력을 발휘할 기회가 없었어요.

오늘 밤 영화에서는 앤 서던이 헬기를 몰고 '로즈볼'로 가려 하고, 거기서 빠져나오느라 고생을 해요. 새해 첫날 정오, 브레이크가 잘 안 듣는 포드를 몰던 나를 그녀가 봤어야 했는데. 그랬다면 자기가 한 일을 자랑 못했겠죠.

지금 중국 칭타오의 150킬로미터 지점에서 공산주의자들이 싸우고 있어요. 우리 함대가 그곳을 빠져나와 다행이에요. 저번 날 비행기를 몰다가 아름다운 작은 섬을 봤어요. 다음에 원자탄이 떨어지기 시작하면, 그곳으로 달려가서 살아야겠어요. 당신도 같이 가면 좋겠지만, 당신 라디오는 알아서 챙겨 와야 될 거예요.

P.S. 구식 승용차가 있으면 좋겠어요. 그러면 당신 옆자리에 앉을 수 있을 텐데.

시랑히는 비비, 당신이 아직 바다 건너에서 내 전화를 못 받았다면, 그대로 서서 대기하도록 해요. 이제 언제라도 통화가 될 테니까요. 그리고 각오를 단단히 하고 인내하면, 비행기가 나를 그곳으로 데려다 주겠지요. 다음 토요일까지는 사이판을 떠나지 않을 테니, 월요일이나 화요일까지는 카네오헤에 못 갈 거예요. 그러니 29일이나 30일이나 되어야 통화할 수 있을 거예요.

오늘 스냅 사진 석 장이 동봉된 22번 편지를 받았어요(1번, 19번, 20번은 분실). 친절한 마음, 고마워요. 당신의 햇살 같은 미소를 사랑해요. 불어를 써서 미안하지만, 저기 내가 그곳을 떠나온 뒤로 avoidupois(체중)가 약간 붙지 않았나요? 룸메이트가(지금도 바로 옆에 있어요) 당신이 날 놀리느라 다른 사람의 사진을 보냈다기에 입씨름을 했어요. 내 사물함에

붙어 있는, 루 데일 비지로우가 찍은 사진 속의 아름다운 아가씨가 아니라는 거죠. 점심시간이 두 시간인 게 실수였다는 걸 알겠네요.

불어 얘기가 나왔으니 말인데, 언제 불어를 할 줄 아는 사람에게 부탁해서 당신 편지에 나오는 불어를 배워야겠어요. 저번 날 밤에 영화에서 몇 단어를 들었는데, 뜻은 몰라도 여주인공의 말투로 봐서 당신에게 말해도 괜찮을 것 같네요. "parlez moy dah moor, Madam Zelle."

스냅 사진을 보고 나서, 헤어진 뒤로 나도 변했을지 궁금해지기 시작했어요. 물론 사람은 자기가 변하는 것은 몰라도, 만나지 않는 동안 변하기도 하잖아요? 한 가지 변화는 말해 줄게요. 당신 아버님과 나는 금연할 수가 없는 사람들이기에, 기왕이면 확실하게 대처하기로 했어요. 냄새 지독한 두툼한 시가를 피우는 거죠. 담배 피우는 내 모습을 보라구요! 당신도 피워 버릴래요.

17번 편지를 읽다가 공중제비를 돌 뻔했어요. 맞아요, 당신도 사본에 '최고작'이라고 적어 보관하면 되겠네요. 잭슨빌에서 보낸 7번 편지와 함께 최고로 멋진 편지였고, 내가 듣고 싶은 말이 적혀 있었어요.

대원 전원의 신경이 바늘처럼 곤두서서, 카네오헤에 도

착하면 어떤 명령을 받게 될지 궁금해 해요. 샌디에이고로 가게 될까? 카네오헤에서 임무 중지를 하고 다른 함대에 배속될까?

여러분, 편히 앉아서 다음 주 같은 시간에 방송을 계속 들으시면 전율 넘치는 이야기가 계속됩니다! 존과 마리는 다시 만나 미 서부 해안에서 신나는 모험을 하게 될까요? 여러분 아직 모르겠지만, 기다리면서 '푸웁시 팝시 팝콘—본영화가 시작될 무렵 자동적으로 튀겨지는 팝콘'을 사두십시오. 팝콘은 영화가 시작되어야만 먹을 수 있답니다!

얘기한 야간 비행은 사소한 실수 몇 가지 외에는 그런 대로 잘 된 것 같아요. 곧 P.P.C가 될 거예요. 제독과 치과 의사의 중간쯤 되는 계급이죠.

저번 날 밤 멋진 영화를 봤어요. 〈세일러 테익스 와이프〉라고 로버트 워커와 준 앨리슨이 나오죠. 끝내 줘요. 코로나 도에서 상영하면 꼭 보도록 해요.

당신이 말도 못할 정도로 보고 싶어요. 정말이지 돌아가서 헤어진 그때부터 이어가고 싶어요.

Te quiero y buenas noches, senorita Maria
돈 후안

P.S. 다시 편지를 읽어 보니, 덧붙일 말이 있네요. 당신이 소
피 터커처럼 꾸몄다고 말한 게 심했다면 미안해요. 하지만
난 당신에게 가벼운 관심만 있는 게 아니라구요. 당신이 내
게 전부니까요. 내가 없는 사이 당신이 변하지 않기를 바라
는 게 당연하죠. 로즈볼과 캠프 K에 같이 가고, 그날 밤 집
에 데려다준 비비의 모습 그대로면 좋겠어요. 그때와 똑같
은 재치, 똑같은 입맞춤, 똑같은 몸매면 좋겠어요. 그때의
당신은 완벽했으니까!

스물여섯 번째
LOVE LETTER

안녕, 허니. 사탕, 아니 사랑해요! 어제 23번 편지를 받았어요. 요즘은 편지를 잘 보내네요. 1주일에 두세 차례 사무실로 우편물 더미가 들어오는데, 내 앞으로 달콤한 사연이 담긴 파란 봉투가 한두 통 온 게 있으면 기분이 어찌나 좋은지. 그러다 기대하던 게 없으면 어쩌면 좋을지, 어떻게 생각해야 될지 모르겠어요.

아직도 토요일에 동쪽으로 날아갈 준비를 하는 중이예요. 카네오헤에 들리지 않으면 좋겠다는 소망도 있고요.

브리지 카드게임을 하느냐고 물었지요? 내 편지를 안 읽었어요? 내가 우리 고향에서 최고의 브리지 선수였다고 말하지 않았던가요? 도시에서도 날 이길 사람은 별로 없다구요. 카드만 있다면 말이죠.

또 당신이랑 있을 때, 같은 교회에 다녔다는 말도 했는데…. '주인님'이 말씀하실 때는 집중 좀 하시죠.

나와 관련된 걸 모두 말하는 게 좋겠네요. 그러면 연속극 외에 '내가 가장 좋아하는 것'을 놓고 입씨름할 거리가 많아질 테니까요. 나는 성공회 신자고, 민주당 지지자고, 텍사스 사람이고, 아일랜드 혈통이고, 배팅은 오른손으로 하고, 공을 오른손으로 던지고, 콜리플라워와 고구마를 싫어하고, 다섯 살 때 금발을 아내로 맞아 행복하게 해주겠노라 맹세했어요.

오전 우편물로 보내려면 여기서 줄여야겠네요.

달링, 편지 쓰기가 습관이 되나 봐요. 딩신이 말한 그대로예요. 편지를 쓸 때는 마치 당신이랑 대화하는 것 같아요, 가까이 있는 기분이죠. 그래도 실제로 당신이랑 있는 게 훨씬 좋을 거예요. 당신을 만지고, 헤어지기 전날 밤처럼 당신을 안고 있는 게 훨씬 좋겠죠. 지난 4개월간 그 짧은 몇 시간을 천 번도 넘게 그렸을 거예요.

언젠가 토요일이 올 테지만, 이곳에 토요일이 오기까지 엄청 시간이 걸리네요. 내가 햇살 눈부신 사이판을 떠나 카네오헤로 떠나는 날이 그날이죠.

도착하면 샌디에이고로 가서, 당신네 현관으로 뛰어올라가 비비가 있냐고 소리치면 어떤 기분일까? 상상해 보고 있어요. 우린 할 일도, 할 이야기도 많으니 어떻게 시작해야 될까요? 작별하던 시점에서 시작해서, 같이 한 일 모두를 거꾸로 해보는 것도 좋겠네요. 하지만 그러려면 클럽에서 열린 파티에 온 사람들을 모두 모아야 하는데, 그럴 생각은 없거든요. 게다가 코로나도 골프장은 우리가 9번 홀에서 시작해서 처음 티샷을 하는 걸로 끝나는 걸 좋아하지 않을 거구요.

대니 보이 커플이 합의를 봤다니 잘됐네요. 노르웨이에 가봤어요? 쳇, 러시아에도 가봤을 테죠. 당신을 블라디보스토크에 데려가서 생부를 찾게 도와줘야겠네요(미안해요, 오늘 만년필을 깨끗이 닦았는데, 그걸로 한 자도 못 쓰겠네요). 이런!

직장 일로 바쁘다니 다행이지만, 어두운 엑스선 촬영실에선 조심해요. 늙은 늑대 치과의사가 당신에게 월급을 140달러나 주는 것은, 병원 분위기를 띄우라고만은 아닐 것 같아요. 조심하도록 해요. 사랑해요. 진심이에요.

P.S. 내 '근사한 미소' 가 좋다니 다행이네요. 당신만을 위한 그림을 보낼게요.

(실물의 1/4 크기)

스물여덟 번째
LOVE LETTER

비비 님, 나는 지금 카네오헤 해군 기지의 여장교 숙소에서 편지를 쓰고 있어요. 왜 여장교 숙소냐구요? 흥분하지 말아요, 사정을 설명할 테니까. 장교 숙소 공간이 부족한 데다 여군 예비부대원이 많이 돌아갔기에, 여장교들을 건물 한 동에 모으고 남자 장교들이 당분간 여기서 지내게 되었어요. 장교 숙소에 들어갈 때까지 여기 머무를 거예요.

우린 화요일에 도착했지만, 어떻게 될지 지금도 몰라요. 어떤 사람들은 노포크에서 작전 중지 명령이 떨어질 거라고 하고, (나를 포함해서) 샌디에이고로 갈 거라는 사람도 있어요. 또 이곳 카네오헤에서 '쭉' 근무하게 될 거라는 말도 있고요. 하루 이틀 뒤면 구도가 드러날 테고, 이 편지를 받을 즈음이면 당신은 이미 알고 있을 테지요. 내가 전화해서 직접 알려줄 거거든요. '직접'이 중요하니까.

　기혼자들은 여기서 주둔하기를 바라죠. 가족을 데려와서 정착할 수 있으니까요. 그런 마음은 이해가 되요. 한두 해 살기에는 좋은 고장이거든요. 그 사이 미국은 노동력과 주택 부족 현상과 식량 문제를(더 열거할까요?) 해결하게 될 거구요.

　지난번에 편지를 쓴 뒤 몇 달이나 지난 것 같네요. 1주 지났을 뿐이고, 그 사이 바빴어요. 당신에게 마지막 편지를 보낸 뒤 6천4백 킬로미터를 날아왔고, 이제 3천4백 킬로미터 밖에 당신이 있어요. 내가 동부에 있는 것보다는 가까이 있는 셈이죠. 사이판을 떠나는 날 25번 편지를 받았지만, 그 뒤로는 쓸쓸하네요. 당신이 내 편지에 영향을 받듯이, 나도 당신의 편지에 영향을 받거든요. 사랑이란 뭘까요? (그런 노래도 있죠.) 19번, 24번 편지를 아직도 못 받았어요. 물론 1번도 아직이어서, 포기하는 마음이 들기 시작하네요.

　장담하건데 하와이가 이 순간처럼 아름다운 적이 없었어요. 웃긴 말이지만, 앞으로 어느 쪽으로 향하느냐에 따라 하와이의 인상이 다를 것 같네요. 서쪽으로 향한다면 별로겠지요. 방금 미국을 떠나왔으니 하와이는 남국과 앞으로 겪을 지루함을 상징할 거예요. 하지만 지금처럼 돌아가는 길이라면 하와이는 문명을 뜻하죠. 좋은 음식, 더 나은 생활환

경 등. 하지만 어느 쪽이든, 당장 창밖으로 보이는 풍경만은 기가 막힌 걸요. 풍경을 제대로 묘사하기 힘드니 이 말만 할 게요. 이 숙소는 언덕 위에 있어서 (노스 아일랜드보다 훨씬 큰) 기지 전체가 내려다보이고, 맞은편은 만이어서 엽서에 나오는 것 같은 멋진 해변이 보여요. 뒤쪽으로는 뾰족뾰족한 산이 펼쳐져서 사방을 둘러보면 대단히 아름답지요.

당연히 숙소의 서랍장 위에는 베아트리스 버나뎃 매튜슨의 예쁜 사진이 있어요. 덕분에 방금 말한 풍경보다 방 안 풍경이 훨씬 흥미롭지요.

그동안 누리지 못한 소소한 생활을 되찾는 즐거움을 맛보고 있어요. 신선한 우유, 싱싱한 야채, 샐러드, 푹신한 침대 등등. (그래요. 여자 체취도요. 샤넬 No.5 향수는 다 썼나요?) (내가 뿌릴 한두 방울은 남기도록 해요. 당신이야 향수가 필요 없을 테니까.)

당신 편지에 불만이 하나 있어요. 늘 "당신에게는 이 말이 지루할 테지만"이라고 쓰죠. 그 말은 이제 그만! 둘째, 지루한 이야기여도 나한테 말해 주는 게 당연해요. 셋째, 어떤 것도 어떤 자질구레한 부분도 당신과 관련된 것이라면 난 지루해 할 수가 없다구요. 무슨 말인지 알아요? 또 당신은 귀엽기도 하구요.

스물아홉 번째
LOVE LETTER

안녕, 입심 좋은 북구 아가씨! 샌디에이고를 떠난 후 처음으로(상하이를 빼면요, 상하이는 빼자고요) 사교 활동을 하고 돌아왔어요. 댄스파티에서 당신이 어찌나 그립던지, 자기 전에 편지를 써야겠다 싶더군요. 이 편지가 평소보다 이상하면, 오늘 밤 내가 탐스 칼린 칵테일을 여덟, 아홉 잔쯤 마셨음을 염두에 두기를. 그런 상태에서는 엉뚱한 말이나 행동을 하기 쉽잖아요.

앞 문단의 '사교 활동' 이라 함은 장교 클럽의 댄스파티를 뜻해요. 카네오헤 장교 클럽처럼 근사한 클럽은 못 봤어요. 훌륭한 밴드가 있고 플로어는 완벽하고, 푸른 태평양에서 바람이 불었어요. 머리 위에서는 별이 반짝였지만, 아! 난 끔찍하기만 했어요. 비비가 곁에 없었으니까. 글래디즈란 여자와 두어 곡 췄지만, 애인이 있는 사람이 다른 여자한테 그러면 안 되죠. 그래서 당신 사진을 보면서 편지나 쓰려고 방으로 돌아왔어요. (알아요. 지금까지 내가 어떻게 될지 얘기를 안 했다는 걸! 시간을 좀 줘요!)

어제 우리 VH-1이 어떻게 될지 들었어요. 월요일에 당신과 통화를 시도하겠지만, 연락이 안 될 경우를 대비해서 사정을 말할게요. VH-1은 최소한 9월 1일까지는 카네오헤에 머물 거예요. 이후 어찌 될지는 아무도 모르지만, 내 짐작에는, 또 바람은 샌디에이고로 돌아가시 작전을 중지하는 거예요. 나한테 계속 편지 할 거죠?

사이판을 떠난 뒤 편지를 못 받았지만 당신 잘못이 아닐 거예요. 우편물이 제대로 처리되지 않아서, 일부는 아직도 사이판으로 보내지거든요. 하지만 곧 당신 편지를 받게 되겠죠.

월요일의 통화가 기대되지만 처음 도착했을 때 아내와 통화한 사람이 있는데, 연결 상태가 무척 안 좋다고 하네요. 단파 라디오 같다고 해요. 당신 목소리를 들을 수 있다면 그걸로 족하죠.

그런데 아내와 통화한 사람이 코로나도에 집을 샀다고 해서, 저번 날 이야기를 나누었어요. 당연히 당신 얘기가 나왔는데, 알고 보니 그가 집을 살 때 세금과 관련해서 당신 아버님과 이야기를 했다고 해요.

　지금쯤은 직장에 적응했기 바라요. 아니면 일을 그만둬요. 무슨 일이든 당신이 불행하다면 난 못 참아요. 마지막으로 받은 편지를 보면, 당신이 직장에 별로 만족하지 않는 것 같더군요. 두어 달치 월급을 모아서, 치과를 그만두고 휴가를 가면 어때요? 하와이쯤으로? 보고 싶어요, 달링.

서른 번째
LOVE LETTER

사랑하는 비비, 방금 바다를 사이에 둔 스위니와 매튜슨의
헛갈리지만 즐거운 통화를 마치고 왔어요. 무슨 말을 나눴는
지 모르겠지만, 무슨 내용이든지간에 끝내 줬지요. 내 속기
사가 기사로 쓰려고 속기를 했는데, 이런 내용이라네요.

교환수 : 말씀하세요.

잭 : 여보세요, 비비?

비비 : 네?

잭 : 여보세요, 비비예요?

비비 : 네.

교환수 : 1분 남았습니다.

잭 : 앞의 4분은 어떻게 된 겁니까?

비비 : 네?

잭 : 당신처럼 멋진 여자는 못 봤고, 당신을 좋아해요.

비비 : 네?

잭 : 체중이 얼마나 늘었는지 물었냐고요?

교환수 : 네?

비비 : 이런 말미잘 멍게 바보 도박 스웨터.

잭 : 스웨터가 어쨌다구요?

비비 : 네?

잭 : 나한테 화났어요?

비비 : 당연하죠.

교환수 : 5분이 다 됐습니다. 인사를 나누세요.

잭 : 네?

교환수 : 잘 있어요, 비비. (뚜우-)

734달러 26센트입니다.

(통화 끝)

　　아무리 당신과 통화한 거라 해도, 통화료로 734달러 26센트를 쓰는 건 이번이 마지막이 될 거예요. 엄청난 사건이 생기지 않는다면요. 당신의 말소리는 잘 들렸는데, 당신은 제대로 못 들었지요. 내가 우스운 말을 했고 당신이 다시 말해달라고 했고, 같은 말을 세 번 하자 농담이 김빠진 맥주처럼 되어 버렸어요. 별로 웃기지 않더라구요. 그래서 딴 얘기를 했죠. 하지만 전체적으로 통화는 즐거웠고, 당신 목소리를 다시 들으니 좋았어요. 그렇게 짧은 5분은 난생 처음이었죠. 다음번에는 통화를 10분 신청하려고요.

서른한 번째
LOVE LETTER

달링, 스웨터 뜨기를 중단했다는 얘기가 농담인지 아닌
지 알고 싶어요, 알겠지만 나는 그 스웨터에 어울리는 베레
모를 뜨는 중이거든요. 그러니 뜨개질을 계속 할지 안 할지
알아야겠어요. 또 내가 떠난 뒤 체중이 늘었냐고 물은 것만
으로 화내면 안 되죠. 당신이 내 품에 쏙 들어올지 알고 싶
어서 물은 것뿐이니까요. 게다가 당신이 머리를 틀어올려서
모습이 달라졌잖아요. 아무튼 체중이 줄었다면 더 문제지
만, 진정한 사랑과 체중이 무슨 상관이냐 싶어요. 그렇지 않
은가요? 그렇구나.

9월 1일까지 여기 있어야 된다는 말을 듣고 몹시 실망했
지만, 겨우 3개월 뒤이고 그때는 확실히 본토로 돌아갈 거
예요. 당신이 날 포기하고 편지 쓰기를 게을리 하지 않으면
좋겠어요. 그 무엇보다 편지가 기대되거든요.

저번 날에는 호놀룰루에 나갔어요. 가장 흥미로운 대목은, 버스를 타고 팔리를 넘은 것이었지요. 팔리는 카네오헤와 호놀룰루 시를 잇는 산길이에요. 버스가 아니라 롤러코스터를 타는 것 같더군요. 어찌나 스릴 넘치던지. 버스에서 보낸 시간을 비행시간으로 셈해야 될 것 같아요.

미안하지만 눈을 뜨고 있기 힘드네요. 내일 더 자세히 쓸게요. 잘 자요, 내 사랑.

오늘 또 기분이 우울하니, 이 슬픈 편지에 서명만 해서 보내는 게 좋겠어요. 내가 있고 싶은 그곳으로요. 슬픈 노래를 부를 이유가 있다구요. (1) 석 달간 여기 붙들려 있다. (2) 12일째 당신 편지를 못 받았다. (3) 서류 더미에 빠져 있다. 우리 함대는 이달에만 52명을 제대시켰어요. 서무계 하사관도 제대해 버렸죠. 나는 인사 장교인데, 서무계 하사관이 없는 인사 장교는 조수 없는 치과 의사보다 끔찍하죠. 근무 시간이 끝난 뒤에도 타자기 앞에서 보고서를 작정하느라 낑낑대는 내 모습이 상상되죠? 다시 슬픈 노래로 돌아가서 (4) 내가 차지하고 싶은 여인이 알 수 없는 이유로 나한테 화를 낸다. 하지만 당신의 화가 가라앉기만 한다면 사과하고, 내가 비열하고 치졸한 자식임을 인정할게요. 당신 몸 여기저기 살이 붙었다는 둥 그 따위 말을 다시 한다면, 그 자리에서 고꾸라질 거예요. 바로 그때 당신이 곁에 있다면 분명히 쓰러지고 말겠죠.

그냥 서명만 하겠다고 말했죠? 잠시 안녕.

P.S. 와우! 라디오로 KNX 로스앤젤레스 방송이 잡히네요.

서른두 번째

LOVE LETTER

달링, 오늘은 금요일이에요.

할렐루야! 오늘 네 통―4월 28일부터 5월 27일자―을 받으니 세상이 달라 보이네요. 한 통은 키스로, 한 통은 커다란 키스로, 한 통은 뽀뽀(?)로 봉해졌네요. 한 통은 그냥 봉해졌는데, 나한테 침을 뱉었다는 뜻이겠죠? 사진을 보니 살짝 몸이 불었나 보다고 입을 가볍게 놀리긴 했지만, 이런 대접은 너무 심해요. 그런 끔찍한 실수를 또 하면, 그때는 이 혀를 잘라 버릴게요.

네 통의 편지는 아주 다양했어요. (1) 열정적이고 (2) 24시간 동안 편지를 못 받았다고 가벼운 불만을 표시하고 (3) 로맨틱하고 (4) 화가 나서 분통을 터뜨리고.

다양한 카테고리를 정리해 보면 (1)은 당신이 내 귀환을 낙관하다가 실망했으니 안타까운 마음으로 읽었고 (2)는 동감과 이해하는 마음으로 읽었고, (3)은 뛰는 가슴과 빛나는 사랑으로 읽었고(봐요. 내가 제정신이 아니고 바보가 됐다고 했죠?), (4)는 웃음과 창피, 안도하며 읽었어요. 밀키웨이 초콜릿과 함께요. (무슨 말인지 모른다면 할 수 없죠!)

이곳은 시시각각 상황이 변해요. 확실한 결정을 말해 주고 싶었기에 편지 쓰기가 망설여졌어요. 1주일은 지나야 확실해질 것 같아서요. 해군의 상황이 변하는 대로 계속 편지를 보낼게요.

지난 24시간 사이의 첫 요동은 함대가 9월 1일까지 여기 주둔하지 않고 당장 작전을 중지한다는 발표였어요. 카네오헤에서! 당황스럽지 않아요? 이제 단시일 내에 당신에게 돌아갈 희망은 거의 없지만, 한(두) 가지 희망의 빛은 있어요. 하나는 내가 상부에 말해서 미국 해안 근무를 하는 것이고, 그렇게 된다면 매사 순조롭겠지요. 하지만 가능성이 너무 희박해요. 상부에서는 인근의 다른 함대로(으으윽!) 보내려 할 테니까요. 또 다른 희망의 빛은, 우리가 여기 머물면서 비행기를 본토 해안으로 수송하는 임무를 맡게 되는 거예요.

하지만 말했듯이 상황이 시시각각 변해요. 다음 편지에는 완전히 다른 이야기를 할 수도 있어요. 한 가지는 분명해요. 여기서 함대가 작전 중지할 거고, 6월 15일 경이면 VH-1은 존재하지 않을 거라는 점이죠. 그러니 이제 편지를 VH-1 주소로 보내지 말고 '해군 항공대 2동, 해군 기지, 해군 사서함 28'로 보내요. 그래도 편지는 계속 쓰도록 해요. 며칠이라도 당신 편지 없이 지내기는 너무 힘드니까.

당신이 분개한 편지 이야기로 돌아가서, 꼭 스릴 넘치는 키스를 해야 관계가 회복되는 건 아니겠지요. 그러기에는 거리가 너무 멀고, 당신 옆에 있다 해도 그런 키스를 하는 법을 잊어버렸기든요. 1월 9일 이후(아니 10일 아침 이후로) 시간이 너무 흘러 버렸으니까요.

하지만 조금만 연습하면 잘할 수 있을 거예요 (아니, 다시 생각해 보니 많이 연습해야 될 것 같네요.)

정확히 5개월 전 오늘, 우린 오후에 영화 〈저 금발을 잡아라〉를 보고, 나는 볼링을 했고(핀보이가 '저 금발을 잡아요'라고 소리쳤죠), 저녁 식사(토끼 고기, 맛있었어요!) 시간에 늦었지요. 나는 카드게임에서 뛰어난 솜씨를 발휘해서 당신을 확실히 눌렀지요. 5센트가 걸려 있었으니까요. 내가 다니는 교회에서는 카드게임을 사악하다고 믿어요. 자기가 지면 그러죠.

멋진 하루였어요. 저녁 시간을 즐겁게 보낼 수 있는 여자를 몇 명 알지만, 하루 종일 같이 있어도 즐거운 사람은 단연코 당신뿐이죠. 밤을 같이 보내는 것도 좋고요, 알죠?

서른두 번째
LOVE LETTER

비비, 최신 깜짝 뉴스를 기대하세요. 깜짝 뉴스! 스위니 대위가 두고 온 애인에게 돌아갑니다!! 농담 아니거든요. 이곳 사정이 확확 바뀐다고 말했지요? 오늘 아침 제독님의 구멍(입)에서 직접 나온 말을 들었어요. VH-1의 작전 중지 명령이 떨어지면, 나는 샌디에이고에 가서 신고하고 재배치를 받게 된다더군요. 지금부터 2주일(혹은 배로 갈 경우에는 3주일) 뒤에는 구애할 수 있게 된다는 뜻이겠지요?

아침 내내 '애인을 만난다네'를 흥얼대며 돌아다녔어요. 아직도 믿기지 않아요.

이제 '다시 만나도 여전히 당신이 날 사랑할까' 라는 걱정을 빼면(당신이 얘기한 '멋지다고 하네요!' 란 노래가 흘러나오네요) (처음 들어 봤어요) (괜찮은데요)…. 하던 말을 계속하자면, 큰 걱정거리는 입을 만한 옷이 전혀 없다는 거예요. '샌디에이고'에 도착하는 대로 새 옷장에 쏙 들어가야겠네요. 백 달러 짜리를 헐어 쓰지 못하는 떠돌이지만 사랑해 줄랑가요? (내가 포커는 귀신처럼 잘하거든요. 어젯밤에도 1달러짜리 40장을 땄거든요.) (카드놀이는 돈도 별로 안 들거든요.)

내주에는 외팔이 도배장이처럼 바쁘게 생겼어요. 장교 전원과 함대원들에게 갈 명령서를 쓰고, 작전 중지 절차를 도와야 되거든요. 그래서 편지 쓸 시간이 없을 테지만, 짬날 때마다 휘리릭 써볼게요. 그래야 낭신이 인제 내 배를 마중하러 '포인트 로마'를 향해 헤엄치기 시작할지 알려줄 수 있죠. (4월에 보낸 편지를 참조하시라!) 오늘은 토요일이지만 오후 내내 일해야 되겠네요. 어쩌면 일요일도요. 아디오스, 내 사랑.

서른세 번째
LOVE LETTER

달링, 어제 기록적으로 31번 편지(화끈한 키스로 봉한)가 들어와서, 흐뭇했어요. 편지의 내용 때문만이 아니라, 27번, 29번, 30번도 기대할 수 있다는 뜻이니까요. 1번 편지도 마찬가지고요.

안토니 판사님, 제가 변론 삼아 한두 마디 하겠습니다. 이름 첫 자가 B.B.인 이 아가씨는 의도적으로 사실을 나쁘게 잘못 전달하고 있습니다. 그녀는 판사님이 잘못 아시게 하려 합니다. 자기는 편지 왕래가 시작된 후 피고에게 줄줄이 편지를 썼는데, 피고는 떡하니 앉아서 매달 간단한 쪽지만 던져 주었으며, 그 사이 자신은 피고가 자주 편지를 보내기를 바라며 야위어간다고 말입니다. 이럴 수가! 판사님, 남자 대 남자로 말씀드리거니와 저는 평생 이렇게 한 여자에게 편지를 쓰는 데 몰두한 적이 없습니다. 그 잇몸 고치는 자의 조수인 여자에게 말입니다. (법정 정숙! 정숙!) 그녀에게 보낸 편지에 번호를 붙인다면, 숫자가 모든 걸 말해줄 겁니다.

여러분, 이 사건은 다를 뿐만 아니라 아주 독특한 것 같습니다. 여기 아름답고 매력적인 아가씨와 똑똑하면서도 멍한 청년이 있습니다. 둘은 사랑에 빠진 것 같은데도 서로 비난을 퍼붓습니다. 그러면서도 실은 서로의 귀에 속삭입니다. 현 상황에서는 판단이 어려우므로, 법정은 문제의 원인이 된 서신교환을 다음 달 중으로 중단하라고 명령합니다. 달리 표현하면 둘이 만나세요! 다음 사건.

감사합니다, 안토니 판사님. 문제가 해결되었습니다. 다른 흥미로운 문제가 생길지 모르겠습니다만.

짬이 날 때마다 《보바리 부인》을 읽고 있어요. 다 읽으면 전문가적인 독후감을 보내 줄게요. 잘 자요, 내 천사.

서른네 번째
LOVE LETTER

화요일이에요.

당신의 편지는 점점 스위트해지고, 내 스웨터는 점점 길어지고, 내 꿈은 점점 재미있어지는군요. 상황은 아직 똑같아요. 소중한 명령이 아직 떨어지지 않았지만요. 1주일이나 열흘 뒤에는 배편으로 이곳을 떠나, 이달 말일이나 7월 1일쯤 '포인트 로마' 인근 바다에서 당신을 건지게 될 것 같네요.

어제 27번과 30번 편지가 왔고요, 29번은 '아직도' 랍니다. 27번은 비비 키스로 봉해져서 꼴딱 넘어갈 뻔했어요. 그걸 받을 마음의 준비가 안 된 상태였걸랑요. 그런 일을 겪으려면 훈련을 받아야 되는지라.

자 여러분. '치과 조수 비행 사건' 혹은 '닥터 라탐의 연애 생활' – '어느 치과 조수의 성생활에 대한 과학적 연구'

'그녀는 치과 조수에 불과했지만, 어느 쪽을 아말감으로 때울지 알았네' ―사건 얘기로 돌아갑시다. 우린 그 사건을 이미 문서보관소에 보냈지만, 우리 예쁜이가 주인님에게 새 증거를 제시해준 것 같으니 다시 얘기해 보자구요. 이 사건을 파고들기에 앞서, 비행 아줌마의 사진과 전화번호, 닥터 라탐 치과의 예약 명단을 입수해야겠다는 점을 밝혀 두렵니다.

농담은 그만하고요. 사실(솔직히 당신은 내 평생의 유일한 치과 조수에요) (솔직히 당신은 내 평생의 유일한 여자예요) (솔직히 당신은 내 인생이에요) 막연한 토론이 될 수도 있겠어요. 무슨 뜻이냐면, 당신은 나보다 여자의 관점에서 이 불륜 사건을 볼 수 있겠지요. 그러니 그 조수를 동정할 수도 있겠지만, 나는 그녀를 좋게 보지 않아요. 예컨대 내가 그 여자의 딸이라면, 그런 돈으로 UCLA에 다니는 게 창피할 거예요. 아무튼 나라면 USC(남가주 주립대학. UCLA는 USC의 분교 중 하나―옮긴이)에 다니는 것 자체가 부끄럽겠지만, 생각해 보니 풋볼 팀이 훌륭해서 마음이 동하기도 하네요. 하지만 그 딸은 어머니를 자랑스러워할 수 없을 테고, 가족의 자긍심이야말로 세상에서 최고라는 게 내 사고방식이거든요. 그 치과 의사로 말하자면, 노인네가 젊은 여자한테 빠지다니요. 그 부인은 남편이랑 한평생 같이 늙은 죄밖에 없는 사람인데 말이죠. 내 판단은 그래요. 다음 사건!

편집자의 말이 기사에 표현된 의견은 순순히 필자의 관점이며 미 해군의 견해를 반영하지 않는답니다.

내가 제비라면 카피스트라노로 가서 101번 도로에서 우회전해서, 코로나도 여객선을 타고, 당신 방 창문 옆에 둥지를 짓겠어요. 그럴 듯하지 않아요?

수요일 아침이에요.

잘 잤어요, 달링? 이 편지를 어젯밤에 마무리 짓지 않아서 미안해요. 하지만 더 길게 쓰고 싶었는데 시간이 없었어요. 당신은 길고 다정한 편지를 보내는데, 짧은 편지를 보내기 싫거든요.

우리가 다시 만나는 날이 다가오니, 점점 겁이 나네요. 이제 2주나 3주 남았어요. 같이 이야기하고 할 일이 수없이 많지요.

요즘은 이 함대의 작전 중지를 위해 뼈가 으스러지게 일하고 있어요. 일이 마무리되면, 캘리포니아로 가서 내가 아는 금발 미인을 작전 중지시킬 거예요.

벌써 목요일

내 사랑

우리의 서신 교환에서 내가 몫을 제대로 못하고 있다고 고백해야겠군요. 마침내 당신이 편지 쓰기를 시작하자 따라잡기 힘드네요. 예를 들면 어제만 해도 편지 두 통이 더 들어왔어요. 닥터 라탐이 분홍색 속치마를 주었다는 내용이 적힌 편지를 포함해서요.

달링, 내가 거기 있었으면 좋았을 걸 아쉽네요. 당신이 그 직장에 다니면 안 되는 이유를 5,60가지 대줄 수 있을 텐데. 처음부터 닥터 라탐이 인격이 없는 자인 걸 딱 알아봤거든요. 집안의 친구라 해도 말이죠.

당신이 진짜 해고된 이유가 몇 가지 감이 잡혀요. 닥터 라탐이나 조수들이 별로 좋아하지 않을 만한 얘기죠. 이제 편지를 쓸 때의 흥분은 가라앉았겠지요. 사실 지금은 씁쓸하지도 않을 것 같네요.

내가 코로나도에 돌아가면, 그 바람둥이 늙은이한테 진료 예약을 할까 생각 중이에요. 그가 몸을 숙여 입을 들여다볼 때, 얼굴에 대고 '에취' 해주는 거죠. 하지만 우리 잊어버리자구요. 내가 코로나도에 가면 그보다 중요한 일이 많으니까요.

　동봉한 사진은 최근에 찍은 것은 아니에요. 사실은 우리가 헤어지고 2주일 조금 지난 1월 27일, 오키나와에서 항모 커티스 호에서 찍었어요. 왼쪽에 있는 사람이 나고요. 그 뒤 난 훨씬 부유해지고 미남이 되었답니다. 의기양양하게 조소하는 내 표정과 난처해하는 적수(밥 길록)의 표정을 보면 알겠지만, 스위니 대위가 또 다시 주사위 게임을 평정했지요.

　당신이 좋아하는 라디오 프로그램 '이것이 내 가슴이다'를 영화화하면서 제인 러셀이 주연으로 뽑혔다면서요.

　오늘 명령을 받았어요. 이제 해군은 당신에게 가는 걸 막지 않겠다네요. 늦어도 3주 후에는 만나요. 비행기로 간다면 다음 주가 될 수도 있어요. B-B데이에 대비해요!

LOVE LETTER

이제 VH-1은 없고, 나는 미합죽이로 가는 수송편만 기다리면 돼요. 먹을 음식도 살 집도 없을 만큼 형편이 나쁜 나라 같네요. 내가 오래 고국을 비워서, 죽 쒀서 개 준 꼴을 만든 것 같아 부끄럽네요. (아뇨, 당신 얘기를 하는 게 아니고요.)

수송 수단 역시 해군의 상황 그대로예요. 시시각각 변하죠. 어제는 짐을 다 싸놓고 승선 준비를 했죠. 1주일 뒤면 당신 품에 안기리라 믿었죠. 그런데 오늘은 우리가 대기자 명단에서 저 아래에 있기에 이 배에는 못 탄다고 하네요. 다음 배는 멋진 수송선이지만 26일이나 되어야 떠난대요. 또 수송선은 모두 샌프란시스코로 간다니, 당신의 수영 실력이 좋아도 헤엄치기에는 너무 멀죠. 그러니 '포인트 로마' 까지 헤엄치는 계획일랑 접어두고, 미리 사둔 표는 기쁜 마음으로 환불해요. 샌프란시스코에 도착하면, 난 곧장 기차나 비

행기를 탈 거예요. 당신은 기차가 역에 들어오기만 기다리
면 되고요. 비행기나.

애기가 나왔으니 말인데 간단히 의논하고 싶은 게 있어요,
비비. 당신도 알겠지만 우리는 사실 2주간 만났잖아요. 물론
어떤 커플 못지않게 그 2주 동안 서로 잘 알게 되었다고 믿
지만요. 그 2주가 지난 뒤 나는 5개월간 떠나 있었고, 그 사
이 당신은 내 사진과(그런 사진은 늘 실물보다 좋아 보이기 마련
이죠) 편지만 갖고 있었지요. 편지를 쓸 때는 멋지게 보이려
애쓰기 마련이고요. 그 5개월 동안 당신은 마음속에 그린
내 장점을 점점 과장했고, 단점은 잊어갔지요(솔직히, 나도 한
두 가지 단점이 있죠. 하지만 그 애기는 접읍시다). 아마 당신도 이
모든 걸 깨달을 거예요. 내가 당신이 겉보기와는 다른 여자
일 거라고 처음부터 의심한 것처럼 말이죠. 이렇게 심한 말
을 하는 것은, 멋지게 홍보된 스위니가 기차(또는 비행기)에서
내릴 때 당신이 실망할 경우에 대비하기 위해서랍니다. 그
경우, 우리의 내면이 어떤지, 사물에 대한 감정이 어떤지가
중요하다는 걸 기억해 줘요. 내가 잘 표현하지 못해도, 하고
싶은 말이 뭔지는 당신이 잘 알 거라 믿어요.

어제는 여기 온 후 두 번째로 골프를 쳤어요. 보는 사람
들 말이 약간 나아졌다네요. 구경꾼 사이에서 "스위니가 여

전히 게임을 못 풀어가네"라는 말이 간간히 나오긴 하지만
요. 처음 9홀에서 50타, 나중에 41타, 총 91타를 쳤어요. 지
난번보다 10타를 줄인 성적이니, 두 번만 더 경기를 하면 71
타를 칠 거라는 계산이 나오죠. 9홀을 각각 50타와 41타를
친 이유는, 단짝 친구 라스무센(네덜란드계예요)이 늦게 코스에
와서, 9번과 10번 홀 사이에 만났는데 당신의 편지(35번)를 전
해 줬기 때문이에요. "SWMS"가 무슨 뜻인지 호기심이 동했
지만, 그때부터는 정신이 번쩍 났거든요. (Sealed With Many
Smooches 여러 번의 키스로 봉함이라는 뜻인가요?)

라스무센은 해군에서 친하게 된 친구로 7년간 사귀었어
요. 해사에 입학하던 날부터 졸업하는 날까지 룸메이트였지
요. 텍사스 주 시드리프트라는 대도시 출신이죠. 막 본토에
서 왔고, 1월에 내가 그랬듯 주둔지로 파견될 거예요. 1943
년에 그의 함선이 호주에 갔을 때 거기서 만난 아가씨와 약
혼을 했기에, 다른 곳에 파견되어 속상해 했지요. 그녀가
이번 달까지도 미국으로 오는 교통편을 구하지 못했거든
요. 그런 상황에서 이 친구는 태평양 한 가운데로 나가게 생
겼으니! 하지만 사랑은 승리할 거예요. 라스무센이 상관들
에게 카네오헤에 주둔한 함대로 보내 달라고 부탁했거든
요. 지금 약혼녀는 여기로 날아올 준비가 되었고, 몇 년의

기다림 끝에 마침내 결혼의 종이 울리게 생겼지요. "인생은
아름다워라!"

서른다섯 번째
LOVE LETTER

점점 게을러지는군요. 어젯밤에는 일어나서 편지를 부
치러 갈 힘도 없었어요. 뒹굴면서 책 읽고, 라디오를 듣고
가끔 골프를 치며 보내니 나른하네요. 하지만 난 그럴 자격
이 있다구요. 지난 3주간 그 어느 때보다 열심히 일했으니
까요.

오늘은 해사 졸업 4주년이 되는 날이에요. 또 빌리 콘(세
계 라이트 헤비급 권투 선수—옮긴이)과 조 루이스가 세계 헤비급
챔피언 전을 치루는 날이죠. 켄터키 더비 경마에서 60달러
를 땄다는 얘기를 했지요? 그때 빤한 답(텍사스 말)으로 친한
친구의 돈을 딴 일이 양심에 걸렸거든요. 그래서 이번에 그
친구가 조 루이스에 돈을 걸어서 내 돈을 따게 해주기로 했
죠. 나는 이길 가능성이 없는 빌리 콘에 걸어야 했죠. 내기에
져도 친구의 기분이 좋아질 테고, 나야 경마대회 이전보다

손해 본 게 없는 셈이죠. 사실은 아주 괜찮아요. 어떤 좌절을 겪어도 웃어넘기면서 '비비가 있잖아' 라고 말할 수 있거든요. 그런 말을 할 수 있어서 좋네요. 그 말을 할 수 있는 한 무슨 일이 생겨도 기분이 완전히 바닥은 아닐 테니까요.

이제 얼마 안 남았어요, 달링. 곧 만나요.

서른여섯 번째
LOVE LETTER

내 사랑

우리 북구 아가씨는 어찌 지내시나요? 내 귀환을 숨을 멈추고 기다리느라 지루하겠네요. 숨을 반만 멈추고 기다려도 좋다고 허가합니다!

조 루이스가 빌리 콘을 납작하게 두들겼고, 켄터키 더비 경마에서 딴 돈은 고스란히 원래 주인을 찾아갔죠. 하지만 내게는 언제나 비비가 있는걸. 그래서 겉으로는 울고 속으로는 웃고 있답니다. 그 말을 하니 생각나는군요. '내가 당신을 잘 모르나?' 를 들어 봤어요? 노래 제목은 우리랑 상관없지만, 어제 페리 코모의 노래를 들으면서 좋은 곡이란 생각을 했어요.

방금 영화를 보고 왔어요. 이런 기지에서는 밤이면 할 일이 없어서, 다들 무슨 영화가 됐든 밤마다 극장에 가는 습관이 있지요. 오늘 밤에는 진짜 좋은 영화였어요. 〈웰스 파고〉라고 열 살 난 아이의 이야기예요. 고교 시절에 본 영화 같은데, 리메이크 한 것보다는 옛날 영화를 보고 싶네요. 본적이 있는 영화지만 말이죠.

이틀 전 밤에 옛 룸메이트 라스무센이랑 브릿지 게임을 하면서(당연히 이겼죠) 즐겁게 지냈어요. 성격이 좋은 친구라 당신이 만나 보면 좋을 거예요.

여전히 늘 당신 생각을 해요, 허니. 재회를 축하하는 것이야말로 지금껏 가장 기대가 큰 일이에요. 오늘은 여름의 첫날이고, 정말·기억에 남을 여름을 맞이하겠네요. 우리가 이 여름을 어찌 놓칠 수 있으리오!

P.S. 오래 끌다가 이 편지를 보내서 미안해요. 날쌘돌이처럼 금방 다시 쓸게요.

서른일곱 번째
LOVE LETTER

뭐해요?

뭘 뜨고 있나요, 귀염둥이?

집배원이 또 우리한테 무슨 짓을 저질렀는지 봐요. 오늘 달랑 36번 편지만 받았어요. 내가 그곳에 가기 힘든 것 못 지않게 그 편지도 여기 오는 데 시간을 끌었네요.

그래 그 권투시합에서 3달러를 잃었다구요? 지난 1월에 내 예측에 돈을 걸라고 말한 기억이 없는데요. 그러니 당신의 노름빚은 내 책임이 아니라구요. 나는 여기서 경마에만 몰두하고 있어요. 적어도 돈이 어디로 가는지 보이거든요. 다시는 빌리 콘에게 돈을 걸지 않을 거예요. 조 루이스가 그를 쫓아가는 도보 경주가 아니라면요.

최근 자주 편지를 못 써서, 또 당신과 안토니 판사에게 한소리 듣게 생겼네요. 당신이 다정한 편지를 보내 주니, 시간을 내서 멋진 답장을 써야 되는데 게을러지네요. 함대가 작전 중지한 뒤로는 편지 쓰기를 비롯해 매사 느슨해져요. 일 때문에 나가떨어졌거든요. 1주일 전 당신에게 보낸 꽃으로 보상이 되면 좋겠는데요. (꽃을 받았겠지요? 혹시 못 받았으면 얼른 알려줘요. 30센트 환불 받아야 되니까.)

이제부터는 편지의 서두에 교통편 상황을 요약해서 그릴게요. 독자가 구구절절한 원고를 훑어 봐야 되는 불편을 겪지 않고 현재 상황을 한눈에 파악할 수 있게 말이죠. 독자가 나머지 글도 읽고 싶다면, 아침 식사를 하면서 느긋하게 읽으시고요.

15일쯤 7월의 보름달이 뜰 무렵에 맞춰 돌아가면 좋겠어요. 청혼할 때는 보름달 같은 게 좋은 징조라면서요.

초계기 부기장이 된 걸 축하해 줘서 고마워요. 내가 그다지 '저능아에 머리가 돌지' 않은 걸 알게 되어 다행이라고요? 하지만 사실, 저기, 어, 기장은 나를 부기장으로 만들려 하지 않았어요. 함대에 비행시간과 계급 등이 비슷한 장교가 많았던가 봐요. 기장은 내게 남들과 똑같은 자격을 갖추지 않으면 자격증을 줄 수 없다고 설명하더군요. 하지만 시간이 넉넉지 않았어요. 그가 체력 점수를 좋게 주었기에 더 조르지 않았죠. 체력 점수는 최고점이었거든요. 내가 인사

담당 장교라서 다른 지원자들의 기록을 봤는데, 그 점수로
만족해야겠다 싶더군요. 결국 체력 점수가 워싱턴에 보고되
었고, 체력이야말로 해군 장교로서 가장 중요한 요소지요.
조종사인 나로서는 초계함 부기장 자격증이 더 중요하지만.
그런데 아직 자격증서는 못 받았으니, 당신은 날 전처럼 저
능아에 머리가 돌았다고 보겠죠. 하지만 당신만 괜찮다면,
그쪽이 더 기분 좋은걸요. 나도 당신이랑 비슷한 수준이고
싶거든요. (한방 먹었죠?)

　　내게 가장 중요한 것은 비비, 당신이라는 말로 앞의 말을
만회해야겠네요.

하와이 출발 예상일	예상 교통수단	본토 도착 예상일	도착 예상지	예상 B-B데이 까지 남은 날수
미정	선박	미정+선박	?	?

서른여덟 번째
LOVE LETTER

달링, 지난번 편지의 도표에서 보았듯이 상황은 여전히 안개에 싸여 있어요. 하지만 내 생각에 우리가 타고 갈 교통수단이 마련되는 데 앞으로 1주일 이상은 안 걸릴 거예요. 그러니 도표의 마지막이자 중요한 칸(예상 B-B데이까지 남은 날수)은 15일이나 20일이 넘지는 않겠지요.

자꾸 지체되지만 당신의 뜨거운 마음이 식지 않길 바라요. 해군에서 편지를 전해 주지 않으니, 당신의 마음을 알 길이 없네요. 내가 받은 편지는 거의 없지만, 당신이 편지를 많이 보낼 거라고 믿어요. 최근에 받은 편지는 6월 14일자였어요. 2주일 전이죠. 오늘 6월 5일자인 32번 편지를 받았고요. 3주일이나 걸렸네요.

당신 친구 페기가 여기 온다는 내용이 담긴 편지예요. 당신 말처럼 그녀를 멋진 여자로 볼 가능성은 없을 것 같네요.

당신 편지가 제때 도착했다 해도, 나는 그녀에게 아무 관심도 없었을 거예요. 만나면 내 이런 태도에 대해 자세히 설명할 게요. 페기를 나쁘게 생각해서는 아니에요. 그날 밤 낯설고 신비롭고 매혹적인 금발 미인한테 받은 키스에 비하면, 페기의 입맞춤은 젖비린내 나던걸요. 당시에는 금발 미인이 잘 몰랐지만, 최근 사건으로 미루어볼 때 나와 얽힐 운명이었지요. 그 뒤 이틀간 그랬죠. 다음 주에 이어지는 이야기를 놓치지 마세요. 멋진 사연이 될 테니까.

네, '비가 오든 맑든(에릭 클랩튼의 노래 제목에 빗대어 말함-옮긴이)' 괜찮고, 당신은 안개를 염려했지만 두려워할 것 없어요. 걱정할 것도 없구요. 내가 어떻게 할지 말탈게요(철자법이 틀렸구먼요. 하지만 무슨 말인지 알아들었죠?). 난 안개가 끼는 문제를 해결할 장치를 발견했거든요. 그걸 차에서 당신 옆자리에 놔두는 거예요. 안개가 구름처럼 뿌옇게 끼어도, 이 장치가 당신을 목적지까지 안전하게 안내해 줄 거예요. 이동용이니까 차에서 꺼내서 집에 가지고 들어갈 수도 있어요. 기계를 2단에 놓으면, 금발이 말하는 것 같은 소리를 내면서, 햄-치즈-달걀-베이컨-상추-토마토 샌드위치(구운 빵으로)를 만들어 줘요. 자주 올드패션드를 대접하고 좋은 상태로 간수하면, 당신 옆에 달라붙어서, 이 세상 밖으로 데려가줄 거예요. 나는 그 기계를 '비비'라고 부르죠. 당신이랑 비슷하게 생겼다는 것 외에 다른 이유는 없어요. 또 세상 누구를 준다 해도 안 바꿀 거예요.

안개에 대해 질문이 더 있나요, 아니면 이제 다 알았나요?

내 환상적인 스포츠 셔츠를 볼 날을 기대하라구요. 골프를 칠 때 입어야 하는 옷인데, 이 셔츠를 처음으로 입고 86타를 쳤지요.

이곳 날씨는 화창하고 거의 매일 그러네요. 점점 더워지지만 그것도 좋아요. 밤에는 언제나 맑고 서늘하거든요. 그런데 요즘은 토성이 일찌감치 져서 우리랑 같이 있지 않네요. 하지만 화성은 여전히 가까이 있고, 목성은 매일 밤 9시면 머리 위에서 환하게 빛나죠. 하늘에서 가장 밝아요. 그래서 당신은 예쁜 목을 쭉 빼고 보겠지요.

'팜스' 야외극장은 좋은 곳 같네요. 전부터 야외극장 공연을 좋아했거든요. 드라이브-인(차를 타고 들어가서 영화 등을 보는 극장-옮긴이)인가요? 그렇다면 차를 렌트해서 타고 가야겠네요. 옛날 차를 판 게 후회스럽지만 누가 이럴 줄 알았나요?

아디오스, 내 사랑. 꿈에서 만나요.

하와이 출발 예상일	예상 교통수단	본토 도착 예상일	도착 예상지	예상 B-B데이 까지 남은 날수
미정	선박	미정+6일	샌프란 시스코	12일~ 20일

서른아홉 번째
LOVE LETTER

날씬 양, 착한 학생처럼 잘 주목하고 있나요? 관심을 계속 가져야 해요. 언제나 동트기 전이 가장 어두운 법이니까. 시간이 느릿느릿 흐르기 시작하고, 매일 더 길어지는 것 같아요. 하지만 상황이 이만큼 안 좋으니 앞으로는 나아져서, 곧 배에 탈 날이 오겠죠.

6월 14일 이후 여전히 우리 자기한테서는 편지가 없네요. 우째 이런 일이! 내가 보내준 스냅 사진이 그 정도로 아니올시다였나요? 아니면 루이스-콘 난투극에서 3달러를 잃은 뒤로 나랑 말도 안 하기로 했나요(둘 다 졌는데요, 뭐). 하지만 당신은 신나게 편지를 쓰는데, 우편 서비스가 또 다시 삐걱거린다는 쪽으로 믿고 싶네요. 그 파란 편지를 못 받으니 하루가 더 지루해요. 마지막 편지 6월 5일자-32번-를 여러 번 읽었는데도, '최근에 데이트를 안 한다'는 대목을 읽을 때마다 전율감이 느껴져요. 난 몹시 이기적인 사람은 아니지만, 당신과 지내면서 맛본 즐거움을 다른 사람이 누린다는 생각은 하기도 싫거든요.

나로 말하자면, 당신한테 진실하다는 말을 새삼 할 필요가 없어요. 마지막으로 당신을 본 뒤 여자를 만나지 못하기도 했지만, 마지막으로 당신을 본 뒤로 다른 여자한테 통 관심이 없었죠. 아니 당신을 처음 본 뒤로요.

달링, 당신은 '진짜 사랑에 빠진 것은 이번이 처음'이라고 몇 번이나 말했지요? 내가 들은 말 중 가장 멋진 말이에요. 내가 그럴 자격이 있는 사람이면 좋겠고요. 나도 똑같은 말을 하면 좋겠지만 다른 남자 같으면 당신을 잃을까봐 그렇게 말했겠지만, 나는 언제나 공평한 사람이거든요. 그러니 그런 거짓말은 못해요. 아주 어릴 때―열아홉 살―의 일을 첫사랑으로 쳐야 될 것 같아요. 아무튼 그때는 진짜 감정이라고 생각했고, 그게 중요하잖아요. 아무튼 내가 완벽한 천사로 여긴 두 여자와 사귄 경험(물론 양다리는 아니었죠)으로, 난 이 세상의 어떤 여자도 완벽하지 않으며 완전히 믿을 수 없다고 믿게 됐어요. 물론 지금 만나는 사람은 예외고요. 세 번째 만남은 매혹적이기 마련이고, 사실 그래요.

하지만 마음이 부서지고 찢어진 경험이 있기에, 당신이랑 더 잘 대화할 수 있어요. 이제 가벼운 얘기를 나눕시다.

어제는 화창한 일요일이라서(적어도 오후는 그랬죠. 오전은 어땠는지 몰라요) 하고 싶은 일을 하며 일요일 오후를 보냈어요. 올해 처음으로 야구 경기를 보고, 호놀룰루의 멋진 식당을 찾아내서 식사했어요. 맛좋은 스테이크와 감자튀김을 먹었죠. 최고의 영화로 꼽히는, 찰스 로턴(다양한 연기를 보여준 유명한 영국 태생의 미국 배우-옮긴이) 주연의 〈레드 갭의 러글스(맥커리 감독의 1935년 작 코미디 서부극 영화-옮긴이)〉도 봤어요. 10년 전에 나온 영화긴 하죠. 당시 나는 열여섯 살이었고 무척 귀여운 아이였죠. 따져 보니 당신은 겨우 스물넷이었겠네요. 쳇, 스물네 살 시절에는 더 아름다웠겠죠.

당신은 야구를 좋아하지 않는다지만, 내가 옆에서 콕콕 짚어 설명해 주면 좋아하게 될 거예요. 특히 게임을 보면서 핫도그랑 콜라를 먹는 게 그만이거든요. 땅콩은 두말 하면 잔소리고.

에드 맬릭이랑 테니스 한 판 치러 가야 되니까 실례 할게요. 여기서 두 번째로 잘 치는 사람이거든요. 경기 결과를 알려줄게요.

성실한 선수가 늘 승리하는 법이죠. 바로 나 말이에요!

6:4, 6:0 승리.

운동하고 샤워하니 진짜 기분 좋은데요.

오늘 새로 인상된 급여를 받았어요. 당신이 돈을 보고 날 사랑하면 안 되니까 액수는 밝히지 않을래요. 하지만 제법 짭짤해서, 이제 팝콘을 두 봉지 살 형편이 된답니다. 한 봉지는 로비에서, 한 봉지는 본 영화 상영 때 먹을 수 있죠. 뻥이 아니에요. 삶의 질이 향상됐다니까요.

('뻥'은 나중에 당신이 빈 팝콘 봉지를 옆 사람 귀에 대고 터뜨릴 때 나는 소리죠. 난 '뻥' 안 터뜨려요.) (우리가 발코니 석에 있다면 모를까.) (아마도 우린 발코니 석에 앉겠지만.)

계속 날 생각해 줘요, 허니. 이제 곧 '포인트 로마'로 달려갈 거예요. 농담이 아니라구요.

P.S. 두 여자 다 당신처럼 근사하지 않았어요.

하와이 출발 예상일	예상 교통수단	본토 도착 예상일	도착 예상지	예상 B-B데이 까지 남은 날수
7월 4일	미 항모 랜달 호 (해군 수송선)	7월 11일	샌프란 시스코	10일

마흔 번째
LOVE LETTER

야호, 드디어 출발! 편지 쓸 시간이 없어요. 잽싸게 짐을 꾸려서 진주만으로 가서, 랜달 호에 승선해야 되거든요. 배는 7월 4일 샌프란시스코를 향해 떠나요.

샌프란에서 전화하려고 노력할게요.

아서 애델벤트 매튜슨 부부는

딸 에델 마리와
존 밀턴 스위니 해군 대위가

1946년 7월 26일 금요일

캘리포니아 코로나도 성공회 교회에서
혼인식을 올리게 되었음을 알려드립니다.

part Three

연애담
내가 간직한 유일한 사진은 기억

아버지는 캘리포니아 주 코로나도 인근 군 기지에서 해군 조종사 훈련을 받았다. 그러다가 1년 반의 훈련기간이 끝날 무렵 어머니와 만났다. 어머니는 코로나도에 살았다. 1945년이었다. 당시 해군 대위였던 아버지는 어머니를 만난 지 11일 만에 해군 비행단 소속으로 하와이에 파견되었다. 2차 대전 뒤 군 당국은 태평양 인근 지역을 정상화시키기 위해서 군대를 파견했다. 아버지는 7개월에 걸쳐 45통의 편지를 보냈다. 나는 어머니의 서랍에서 그 편지 뭉치를 찾아냈다.

나는 어머니의 연애담 듣기를 좋아했다. 두 분은 12월 29일, '호텔 델 코로나도'에서 열린 해군 비행단의 티파티에서 만났다. 다음 날 아버지는 첫 데이트를 신청했다. 두 사람은 로즈볼 경기와 퍼레이드를 보러 파사데나로 올라갔다.

(아버지 잭은 지도를 깜빡했고, 어머니 비비는 길을 안다고 장담했지만 사실은 잘 몰랐다.) 그 뒤 두 사람은 열흘간 골프와 테니스를 함께 즐겼고, 저녁에는 영화를 보고 춤을 췄다. 아버지 잭으로서는 배속된 부대로 가기 전 함께 지낸 시간이 어머니 비비를 알기에 충분했다.

아버지는 7개월 뒤 샌디에이고로 돌아오자, 곧장 우리 외할아버지를 찾아가서 청혼했다. 할아버지의 반응은 "비비가 비싸다는 건 알겠지?"였다고 한다. 귀가 어두운 외할머니는 "뭐요? 비비가 애를 배요?"라고 물었다나. 어머니는 그가 천생연분인 걸 "척 보고 알았다"고 했다. 아버지가 돌아온 지 3주일이 안 되어, 연인은 코로나도에 있는 교회에서 결혼식을 올렸다. 어머니가 세례를 받은 성공회 교회에서였다. 결혼식 피로연은 둘이 처음 만난 '호텔 델 코로나도'에서 열었다.

아버지는 아내에게 얼마나 잘했던지! 아버지는 아내 비비에게 홀딱 반했다. 부끄러워하지 않고 로맨틱하게 구는데 정말이지 놀라웠다. 어릴 때 내가 마음의 눈으로 본 아버지는 우스꽝스러웠다. 나는 편지 뭉치에서, 솔직하고 마음이 열린 한 남자를 보았다. 감수성이 예민하고 솔직한 분이었다. 어머니는 편지를 받고 더 매혹되었을 것이다.

　나는 아버지가 살아 있다면 딸인 나에게 해주었을 만한 말들을 생각했다. 내가 특별하고 사랑받는 사람이라고 느끼는 말을 해주었으리라. 아버지를 그런 식으로 상상한 것은 틀리지 않았다. 편지에서 아버지는 "지금부터 40년 뒤에 사람들이 (제대한) 스위니 대위의 '유명한 해군 영웅의 유명한 편지' 모음집을 읽지 말란 법 있냐"고 썼다. 나는 정확히 40년 뒤에 이 편지를 읽었다. 아버지의 사진을 처음 봤을 때도 같은 느낌을 받았다. 아버시기 빙그레 웃는 것을 본 것만 같았다.

　이 편지는 내게 기대하지 않았던 한 사람을 알게 해주었다. 영리하고 활기차고 재미있는 스물셋의 어머니는 아름다웠다. 우리 모두 어머니의 한창 때 사진을 볼 수 있었으면 하고 바랐다. 멋진 삶을 살고 화사하고 장래가 촉망되던 시절의 어머니를. 어머니는 내가 편지 속의 당신 모습을 만나는 게 얼마나 좋은지 아셨을까. 어머니가 사랑을 듬뿍 받았다는 사실을 아니 내 마음이 얼마나 좋은지 아셨을까.

　아버지도 어머니의 편지를 간직했지만, 어머니는 버뮤다의 집을 정리하면서 치워 버렸다. 편지는 자신의 감정을, 소망과 함께하는 미래에 대한 꿈을 되살아나게 하니 어떻게 견딜 수 있었을까? 그러기는 무척 힘들었을 터였다.

편지를 읽으면서 온갖 생각이 스쳤다. 아버지의 필체는 아름다웠다. 둥글고 부드러웠다. 또 확신에 찬 사람이 그러하듯이 지우고 다시 생각한 흔적이 거의 없었다. 아버지가 가끔 ‘포오커’ 같이 단어를 늘여 쓴 이유를 파악하느라 한참 걸렸다. 텍사스 억양 때문이었다! 어머니는 아버지를 만나기 전에 캘리포니아를 떠나본 적이 없었으니, 텍사스 사람을 처음 만났을 터였다. 그런 발음을 재미있게 여겼겠지.

다른 생각도 스쳤다. 아버지는 어머니에게 사진을 보내라고 졸라댔다. 사진이 상상의 닻을 내리게 해줄 테니까 보내 달라고. 난 그게 무슨 말인지 정확히 안다. 평생토록 내 상상의 닻을 내려야 했다. 아버지의 진짜 사진이 필요했다는 뜻이다.

나는 친가 친척들을 만나러 텍사스로 가기로 했다. 내가 어릴 때 친할머니가 코로나도에 몇 번 다녀가셨고, 삼촌들을 한 번 만난 적이 있다. 하지만 아버지의 다른 형제자매는 몰랐고, 9남매였다는 것만 알았다. 텍사스 주 브레켄릿지에 사는 고모에게 편지를 보냈더니, ‘감상적인 여행’을 하러 텍사스로 오라는 답장을 받았다.

1987년 봄 나는 비행기 편으로 댈러스로 갔고, 공항에서 고모들과 만났다. 그들은 아버지를 닮았다며 나를 알아보았다. 우리는 차를 타고 본햄으로 갔다. 그곳은 텍사스 동부의 작은 마을인데, 우리 친가는 대대로 그곳에서 살았다. 나는 아버지의 이름 ‘존 밀턴’이 영국 시인의 이름일 거라고 짐작했지만, 할아버지인 ‘존 밀턴 넌’의 이름을 물려받았음을 알게 되었다. 내 증조할아버지 존 밀턴 넌은 1871년 본햄에 처음으로 벽돌집을 지은 분이다. 그는 손으로 찍은 벽돌을 소달구지로 닐랐다고 한다.

우리는 아버지가 태어난 라도니아로 갔다. 친할아버지 앨버트 스위니는 1931년 주식 시장이 붕괴한 뒤 은행이 문을 닫을 때까지 그곳의 은행장이었다. 할아버지는 파산 신고를 거부하고, 예금주 전원과 결산을 했다. 나는 스위니 가족과 집안 내력에 대해 감을 잡기 시작했다. 아버지가 어릴 때 겪은 사건과 경험한 일을 알고 나니, 어른으로 산 삶에 대해서도 알 것 같았다.

우리의 여정은 브레켄릿지에서 끝났다. 포트 워스에서 160킬로미터 쯤 떨어진 곳으로 한 때는 석유가 나던 고장이었다. 한창 때 브레켄릿지에서는 걸음을 옮길 때마다 기름이 솟았고, 중앙로는 진흙탕과 판잣집뿐이었다. 1931년 스위니 일가가 왔을 때 브레켄릿지는 할머니의 표현대로 ‘말 못할 오지’였다. 하지만 할머니는 거기서 9남매를 키웠고,

이 고장을 좋아해서 평생 거기 살았다. 집안이 처음 이곳에 왔을 때 열한 살인 아버지는 흙투성이인 옆 마당을 야구장으로 만들려 했다. 마침내 잔디가 자라자, 이웃 사람이 우리 할머니에게 아이들이 야구 경기로 잔디를 망친다고 말했다. 할머니는 당신은 잔디가 아니라 아이들을 키우는 거라고 따끔하게 일러 주었다고 한다.

브레켄릿지에서 아버지의 고교 졸업 앨범을 얻었다. 아버지는 어느 해에는 '가장 인기 있는 남학생'이었고, 졸업한 뒤에는 '가장 귀중한 졸업생'이었다. 아버지가 얼마나 사랑받았으며, 젊어서 죽은 것이 모든 사람에게 큰 상실이었다는 이야기를 귀에 못이 박히게 들었다. 나로서도 아버지를 만나지 못한 게 큰 상실이었음을 깨달았다.

거기서 들은 바로 아버지는 완벽한 사람이었다. 하지만 더 상세한 면이 궁금해지기 시작했다. 그는 왜 해군 조종사가 되었을까? 오래 전 내가 코로나도에서 알던 조종사들과 비슷했을까? 고모 한 분이 아버지가 해군 조종사가 된 이유는 간단했다고 말했다. 세계 대전 중 아버지는 미 항모 '테네시' 호에서 회전 포탑 장교였다. 잠시 갑판을 비운 사이, 배에 폭발 사건이 일어나서 갑판에 있던 병사 전원이 죽었다. 아버지는 이 일에서 벗어나지 못했고, 죽음을 가까이서 못 보겠다며 비행 학교에 들어갔다. 전쟁이 끝나자 아버지는 살아 있는 게 다행이라고 말했다.

집에 돌아온 뒤, 고모 한 분에게 편지를 받았다. 아버지가 죽은 뒤 어머니가 친할머니에게 쓴 편지였다.

어머니께,

어젯밤에 목소리를 듣고 싶어서 전화드렸지만, 통화가 안
됐어요. 페기네서 9시 30분까지 시도하다가 포기했지요.
드릴 말씀이 많으니 편지가 더 나을 것 같네요.
아시겠지만 수색에 실패했어요. 나중에 여기 오시면 자세
히 말씀드릴게요. 해군에서 비행과 관련해서 보내온 편지
들도 보여 드리고요. 잭은 홀연히 사라졌어요. 고통을 안
받았으니 축복이었죠. 제 감정을 말로 다 표현할 수 없지
만, 어머니와 저는 하느님을 믿는 사람들이니 '왜 그런 일
을 당했는지' 알 날이 오겠지요.
어머니, 잭은 위험을 알았어요. 저는 하느님께서 그가 마
지막 몇 달간 사랑하는 이들을 만나게 해주셨다고 굳게
믿어요. 그이의 서류가방에서 제게 쓴 편지가 나왔어요.
이미 한평생을 살았다는 말이 적혀 있어서 위안을 받았어
요. 자기는 모든 일을 하고, 많은 것을 보고, 충분히 인생
을 누렸다고 했어요. 저희는 10년 반을 같이 살았고, 서로
깊이 사랑했어요. 그이와 행복한 기억이 정말 많아요.
잭이 저희에게 많은 걸 남겨 주었어요. 7일에는 해군에서
사고 처리 담당자가 정부의 모든 재정 지원 등을 처리하

러 나올 거예요. 주식도 조금 있는데, 잭은 저더러 장기 투자로 돌려 놓으라고 했어요, 저와 아이들은 무료 진료와 식량 공급 등의 혜택을 받게 될 거예요. 또 군인 대출을 받을 자격도 있고요.

집을 구하고 있어요. 잭이 살아 있을 때는 세를 얻자고 했지만, 지금은 집을 사야 될지 모르겠네요. 정해진 건 없고, 모든 게 시간이 걸려요. 가구가 도착하는 데도 두 달이 걸린다니, 2월 1일까지는 친정에서 지낼 거예요. 뵙고 싶은 마음이 간절하지만, 재정 문제가 정리될 때까지 기다리는 게 좋겠어요. 내년 크리스마스는 저희가 가도 좋고, 언제든 어머니가 오라고 하실 때 뵈러 갈게요.

저는 곧 아기를 낳게 되었어요. 3월중이 될 거예요. 27일 화요일에 처음 진찰을 받았는데, 의사 말로는 임신 5주에서 5주 반이라더군요. 네, 잭도 알았어요. 그이의 아이를 낳을 기회가 한 번 더 생겨서 정말 행복해요. 사내아이면 이름을 조라고 지을래요. 잭이 늘 그 이름을 좋아했거든요. 하지만 딸이면 모르겠네요. 메리나 앤이라고 부를까요? 3월이나 2월 말에 여기 와주실 수 있나요? 그때는 집이 마련될 거고, 도우미를 쓸 계획이지만 어머니가 밤에 같이 있어 주시면 좋겠어요. 제가 밤에 병원에 갈 확률이 많은데, 저는 차로 가고 어머니는 집에서 아이들을 봐주시면 되니까요.

존과 빌이 학교에 다녀서 아침나절이 한결 수월해졌어요. 빌은 정오에 집에 오고, 존은 오후 3시에 돌아와요. 루디가 잘 도와주어서, 아침에 애들을 학교에 데려다 주고 빌을 데리고 와요. 알을 산책시키고, 제가 외출해야 될 때는 대니를 돌봐 주지요. 어머니가 오셔도 힘드시지 않을 거예요. 그 시기에 곁에 있어 주시면 좋겠어요. 제발 와주세요.

곧 편지 드릴게요. 대니가 깨서 가봐야겠네요.

저희 모두 사랑을 드리며

비비와 아이들 올림

1956년 11월 30일

아버지는 어머니가 임신한 사실을 알고 있었다. 내가 태중에 있는 걸 알았다. 내가 알고 싶은 게 바로 그거였다.

*　　*　　*

어머니는 늘 날 웃게 만들 줄 알았다. 한번은 내가 해변에서 너무 오래 지낸 통에 햇볕에 화상을 입어서 고생했다. 발목이 퉁퉁 부어서 몸을 구부리고 힘겹게 걸어야 했다. 어머니는 날 볼 때마다 웃음을 터뜨렸다. 그러더니 '콰지모도(《노틀담의 곱추》에 나오는 곱추의 이름―옮긴이)' 라고 불렀다. 어머니는 누구나 별명을 불렀다. 내 대학 시절 단짝이었던 로킨바에게도 별명을 지어 주었다. 어머니는 내가 책을 들고 소파에 누워 있으면 "인생에서 일이 전부는 아니란다"라고 타이르곤 했다.

몇 년 새 심장병으로 점점 야위는 어머니를 지켜보아야 했다. 어머니는 코에 끼운 산소 튜브에 익숙해지려고 무척 애썼다. 팔을 부축해서 의자에 앉혀 드리려던 일이 기억난다. 어머니는 좀 답답해하면서 "놔줘, 난 괜찮다"라고 말했다. 손을 놓자 어머니가 의자에 벌러덩 쓰러져서, 우리 둘다 놀랐다. 어머니는 날 올려다보더니, 싱긋 웃으며 말했다.

167

"이런 식으로 놓으라는 얘기는 아니었다. 그네를 탈 때 놔달라는 말이었는데." 어머니는 그런 식이었다. 난정하고 깐깐하고 재미있고.

어머니가 돌아가시자, 나는 유골을 태평양에 뿌리려고 미션 베이에서 배 한 척을 세냈다. '포인트 로마' 인근으로 가서 코로나도 외곽 해역에 유골을 뿌리겠다고 선장에게 말했다. 그는 그렇게 먼 바다로 나가본 적이 없고, 연료도 충분하지 않다고 했다. 내가 애원하면서 돈을 더 주겠다고 했다. 어머니의 유골을 다른 데 뿌리고 싶지 않았다.

배가 물살을 가르고 나가자, 아침에 짙게 낀 안개가 걷히기 시작했다. 어머니는 그런 안개를 '6월의 우울'이라고 했다. 정오면 안개가 걷히고 햇살이 비춰든다고 했다. 그날 바로 그랬다. 우리가 '포인트 로마'를 빙 돌자, 바다 건너 코로나도 해변이 보였다. 내가 어릴 때 어머니와 시간을 보낸 바닷가였다. 나는 어머니 앞에 서서 파도가 밀려오기를 기다리곤 했다. 파도가 밀려올 때마다 어머니는 나를 번쩍 들어서 물이 발에 안 닿게 해주었다. 배에 몸을 기대고 유골을 바다에 뿌렸다. 친구와 그 해변에 앉아서 내 아버지가 어디 있을지 궁금해 하던 날이 떠올랐다. 바다는 이어져 있지 않던가. 저기 어디 계시겠지. 지금도.

아버지는 세상을 떠나기 직전에 어머니에게 보내는 마지막 편지를 썼다. 이후 나는 그날 밤 일에 대해 더 상세히 알아냈다. 아버지의 비행기는 버뮤다 북쪽 600킬로미터 지점에 가라앉았다. 조종사들은 1956년 11월의 긴 비행을 기억하고 있다. 그날 수에즈 운하 위기(1956년 이집트에서 일어난 전쟁으로, 이집트의 운하 국유화에 따라 이집트와 영국, 프랑스와 이스라엘로 형성된 동맹 간에 발생-옮긴이)로 인해 전쟁 경계경보 상태었다. 아버지의 비행기 '마틴 마를린 P5M'에는 폭탄이 탑재되었고, 대서양에서 러시아 잠수함을 수색하는 임무를 띠고 있었다.

11월 9일 저녁, 화물선이 6킬로미터 부근에서 비행기가 추락하여 폭발하는 광경을 봤다는 무전을 보내왔다. 잠시 구명 뗏목의 빛이 보이다가, 소나기와 어둠 속으로 사라졌다고 했다. 약 24분 뒤 두 번째 폭발음이 들렸다. 비행기에 실린 폭뢰(잠수함을 파괴하는 데 쓰이는 폭탄-옮긴이)가 터진 것이었다. 해군과 해안 경비대는 며칠간 수색했지만, 비행기와 승무원의 흔적은 발견되지 않았다.

아버지의 비행기는 펜사콜라로 정찰비행을 가다가 버뮤다 삼각지대에서 실종된 게 아니었다. 물론 무서운 폭격을 당한 게 아니라 바다 밑으로 조용히 사라졌다고 믿는 편이 훨씬 마음 편할 것이다. 밝혀진 바로 아버지는 전쟁(냉전)의 와중에 죽었다. 우리 모두 싸우는 줄도 몰랐던 전쟁이었다. 해군 당국은 유가족들에게 판에 박힌 모호한 이야기만 들려주었다. 마침내 1956년 11월 9일에 벌어진 진실을 알아낸 것도 내가 물불 가리지 않고 아버지를 찾아 나선 덕이었다.

왜 아버지가 어머니에게 그 마지막 편지를 썼는지 지금도 궁금하다. 전쟁 경계경보 상황이라 죽을 수 있다는 생각을 했겠지. 그 답은 영영 알아낼 수 없다. 하지만 난 운이 좋게도 그 편지를 갖고 있다.

아버지는 이렇게 썼다. "내가 기억되는 한 진짜 죽은 게 아니지." 연애편지를 통해 아버지는 기억되고 있다. 그렇게 기억되는 게 당연할 것이다. 아버지는 사랑에 빠진 젊은 해군 장교로 기억된다. 스물여섯 살, 사귄 지 6개월도 안 되는 금발 미인과 결혼할 청년. 그들은 5남매를 두게 된다. 그는 자식들이 성장하는 모습을 보지 못할 테지만…. 그는 나라를 위해 일하다 죽는다. 하지만 진짜 죽은 게 아니기에 기억될 것이다. 내게는 그렇다. 그는 죽지 않았다.

내 최고의 아내에게

내가 예상치 못하게 세상을 떠날 경우, 몇 가지를 일러두
려고 이 편지를 써요. 언제 불쑥 불운이 닥쳐와 깨어 보면
죽어 있을지 모르는 게 비행 세계거든.

이 편지가 내가 감상적인 멍청이임을 증명하겠지만, 그래
도 몇 가지 생각을 말하는 게 당신에게 조금이나마 위안
이 될 것 같아.

먼저 한 가지 사실을 직시합시다. 결국은 누구나 죽는나
는 점 말이야. 인생에서 많은 걸 누려 보기도 전에 죽는
불운한 아이들과 사람들을 생각하고, 내가 인생에서 누린
모든 것을 새겨 보도록 해요.

이 편지를 쓴 다음 날 죽더라도, 나는 세상에서 가장 복 많
은 사람이었다고 말할 거고 그건 당신도 알겠지. 이 편지
를 쓰면서 내게는 살아야 될 이유가 많지만, 지금껏 누린
축복을 떠올리면 이미 많이 살았다는 걸 알 수 있지. 따져
보면 하고 싶은 일을 다 했고 보고 싶은 것을 다 보았지.
물론 아이들이 자라는 동안 옆에 있고 싶긴 하지. 하지만
당신과 나는 어떻게 가정을 꾸릴지 분명하게 합의를 보았
으니, 아이들이 잘 자랄 거라고 믿어. 또 당신과 함께 사

람들이 평생 누릴 만큼의 즐거움도 이미 맛보았고.

찾기 어렵긴 하겠지만 적당한 남편감을 만나면, 내 추억 때문에 재혼을 못하는 일은 없길 바라. 당신 같은 현모양처가 과부로 사는 것은 안타까운 일이라구. 인생은 살아 있는 사람들을 위한 것이야. (다른 사람이 한 말이지, 아마.) 그러니 얼굴에 미소를 되찾고 립스틱을 바르고 새 드레스를 입으라구. 새 삶을 꾸리기 위해 당신이 무엇을 할 수 있는지 내게 보여 달라구. 이따금만 날 기억해줘. 너무 자주는 말고. 너무 자주 그러면 스타일 구기잖아. 내가 기억되는 한 진짜 죽은 게 아니지. 나는 존, 빌, 알, 댄 안에 살아 있을 거야. 그들의 마음에 축복이 함께 하기를. 그들을 통해 영원할 거야.

언제나 사랑해요.

버뮤다에서 잭

1956년 11월

옮긴이의 말

　핸드폰도 없고 이메일도 없던 연애 시절. 삐삐라는 호출기를 쓰는 사람들이 일부 있었지만, 그 사람이나 나나 그런 기계에는 별 매력을 못 느꼈다. 생각날 때마다 불러 내지 못하던 당시의 연인들은 상대의 전화를 기다려야 통화할 수 있었고, 멀리 떨어져 있을 때는 전화나 편지로 안부를 전할 수밖에 없었다. 지금의 연인들은 그런 연애가 상상이 안 될 테지만, 십 몇 년 전에는 그런 방식으로 사귀었다. 기다림이 있기에 늘 가슴이 두근거렸고, 설레었다. 상대가 '어디 있는지' 확인이 안 되기에, 데이트하러 갈 때마다 긴장감이 있었다. 《어린 왕자》에서 여우가 왕자에게 만날 시간을 정해 놓으면 그때를 기다리는 기쁨이 있다고 말했다. 예전의 만남에는 그런 감미로움이 있었다. 우리는 그런 걸 연애라고 생각했다.

　나는 남자친구에게 서울을 떠났다 돌아올 때는 꼭 편지를 써오라고 했다. 그는 당일로 대전 출장을 다녀오면서도 열차의 식당칸에서 "네 말을 듣고 미리 표를 살걸. 입석표밖에 없어 식당칸에 앉아 이 편지를 쓴다"라는 편지를 써가지고 돌아왔다. 또 양평으로 열흘짜리 연수를 갔을 때는 "석양 무렵, 강의실에 앉아서 자꾸만 벽을 밀어 내고 있다"라는 편지를 가지고 돌아왔다. 친구들과 설악산으로 휴가를 갔을 때는 "혼자서 올라온 한계령을 너와 둘이서 내려간다"라는 편지를 들고 돌아왔다. 그 얇은 파란색 편지지가 눈에 선하다. 결혼한 뒤에도 한동안은 집을 떠나면 편지나 카드를 보냈다. 어떤 때는 편지보다 사람이 먼저 도착했다. 하지만 이제는 이메일이 그 자리를 차지해 버렸고, 나는 '진짜 편지'가 그립다. 풋풋하고 가슴 벅차던 그 시절과 함께.

2차 대전이 끝난 직후, 해군 파일럿 잭은 비비라는 아가씨를 사랑하게 된다. 하지만 그녀와 만난 지 열흘 남짓 만에 전후에 태평양 연안을 정상화시키는 군 방침에 따라 파견 근무를 떠나게 된다. 잭은 해외 근무를 하는 동안 비비에게 사랑을 담은 편지를 보낸다. 7개월 동안 상해에서, 사이판에서, 하와이에서 사랑하는 이에 대한 그리움을 편지에 띄워 보낸다. 아쉽고 기다리느라 답답하고 사랑이 넘치고 기쁘고 아련한 마음이 편지에 고스란히 녹아 있다.

　　편지로 마음을 나누다 마침내 재회한 두 사람은 곧 결혼한다. 그들은 아이들을 낳고 행복하게 살지만, 버뮤다 삼각지대로 정찰 비행에 나선 잭은 실종되어 돌아오지 못하고, 아내인 비비는 유복녀 엠마를 낳는다. 아버지를 모르고 자란 엠마는 어머니가 돌아가신 뒤 유품을 정리하다가 아버지가 오래 전에 쓴 연애편지 뭉치를 발견한다. 몰랐던 아버지와 어머니의 모습을 발견하고 감동받은 그녀는 편지들을 모아 책으로 엮는다.

　　한 젊은 청년이 막 사랑에 빠진 아가씨에게 보내는 풋풋한 사랑이 여기 담겨 있다. 이 글은 우리에게 빛바래지 않는 사랑, 설레는 사랑, 여운이 긴 사랑을 가르쳐 준다. 잭의 편지를 읽노라면 어느덧 그런 고운 사랑 속에 젖어들게 된다. 이 책을 번역 작업하면서 나도 모르게 오래 전에 받았던 편지문구들이 떠올랐다. 그 시절의 내 모습도 그려졌다. 다른 사람인 듯 낯설면서도 아련함이 느껴지는 그 모습. 여행을 다녀온 듯한 기분이었다. 이것은 진심이 담긴 글이 우리에게 주는 선물이다. 봄날처럼 화사하고 고운 마음을 되새기며 애틋함에 빠질 수 있는 것은.

공경희

아빠의 러브레터

초판 1쇄 발행 2007년 7월 27일
초판 2쇄 발행 2011년 2월 28일

지은이 엠마 스위니 **옮긴이** 공경희
펴낸이 이대희 **펴낸곳** 지훈출판사

기획편집 허남희 **디자인** 심정희
마케팅 김정식, 윤태영 **경영지원** 안지영, 김정미
공급처(서경서적) 전화 02-737-0904 팩스 02-723-4925

출판등록 2004년 8월 27일 제300-2004-167호
주소 서울시 종로구 필운동 278-5 세일빌딩 지층
전화 02-738-5535 **팩스** 02-738-5539
E-mail jihoonbook@naver.com

ISBN 978-89-91974-11-1 03810

잘못 만들어진 책은 구입처나 본사에서 교환하여 드립니다.